당신은

나를 열어

바닥까지

휘젓고

피나, 당신의 카페 밀러

당신은

나를 열어

바닥까지

휘젓고

피나, 당신의 카페 뮐러

안희연 짓고

윤예지 그리다

차례

사랑은 와락 시작된다

다시 태어나면 무엇이 되고 싶으냐는 질문을 종종 받는다. 그럴 때면 어김없이 몸을 쓰는 직업을 떠올린다. 무용수, 장대높이뛰기 선수나 리듬체조 선수, 마라토너 같은. 그런 생각의 배면에는 나에겐 몸 쓰는 재능이 전혀 없으며 신은 참으로 공평하다는 뜻이 숨어 있다. 몸으로 하는 일을 좋아하지 않는 것은 아니다. 좋아하는 것과 잘하는 것은 전혀 다른 문제이며 오히려 나는 몸으로 하는 일에 늘 열심인 사람이었다. 철봉에 매달리면 일 초도 안 되어 떨어지는 '흑역사'를 번번이 갱신하면서도 피구만 하면 자주 최후의 일인이 되었다. 그건 내가 남다른 운동신경을 지녔기 때문이 아니라 정말로 공이 무서워서 혼신의 힘을 다해 공을 피해 다녔기 때문인데, 그렇게 공과 내가 일대일로 남겨진 순간의 공포를 아직도 생생히 기억하는 데는 다그만한 이유가 있다. 저쪽에서는 아직 던지지도 않은 공이었는데 나혼자 혼비백산 달아나다 발목이 접질려 애먼 손목이 부러지고 만 것이다. 초등학교 육 학년의 어느 날, 내 인생 최초의 깁스였다.

그럼에도 나의 열정은 좀처럼 사그라지지 않아서 중학교 특별활동 시간에는 당당하게 탁구반에 들어갔다. 당시 탁구반 담당이었던 수학 선생님은 첫 수업이 끝난 뒤 진지한 얼굴로 말했다. "얘, 탁구를 배드민턴처럼 치면 어떻게 하니. 혹시 다른 반에 들어갈 생각은 없니? 영화감상반이라든가 독서토론반이라든가…." 몇 년 전 처음으로 요가원의 문을 두드렸을 때도 생각난다. 이렇게 살다간 정말 석고상이 되겠구나 싶어 운동을 시작한 이후 일 년 반 정도의 시간이 흘렀다. 이사를 하게 되어 정든 요가 선생님과 아쉬운 작별 인사를 하는데 손수 적은 편지를 주셨다. 펑펑 울면서 열어본 편지에는 이런 글귀가 적혀 있었다. "가녀리지만 포기하지 않는 모습과 주춤하지만 다시 일어서는 모습, 몰입하는 모습들 모두 희연님이었지만 가장 인상 깊은 희연님의 모습은 보는 사람마저 안쓰러울 정도로 애쓰며 버티고 있는 순간들이었어요. 매 수업이 어쩌면 희연님에겐 힘듦의 연속이었음에도 불구하고 계속 이어나가는 이유가 무엇일까 의문이 생기기도 했어요. 미안하지만, 희연님은 몸을 쓰는 재능은 없어 보였거든요. 하하!!" 펑펑 울다 말고 '하하' 뒤에 찍힌 두 개의 느낌표를 오래 바라보았다. 그렇다. 하면 되는 일과 해도 안 되는 일은 비교적 명백하다. 인정하고 싶지 않은 마음만이 있을 뿐.

아마도 그래서였을 것이다. 2013년도의 어느 겨울날, 우연히 보게 된 영화 한 편에 완전히 마음을 빼앗기게 된 것은. 〈피나Pina, 2011〉는 '빔 벤더스'라는 거장의 이름만 보고 선택한 영화였지만 영화를 본 뒤엔 새로운 뜨거운 이름 '피나 바우쉬Pina Bausch'에 완전히 매혹당하고 말았다. 피나 바우쉬는 하나의 세계였고 그 세계를 구현하는 부퍼탈 무용수들의 몸짓 하나하나가 내 몸의 세포를 깨워놓았다. 그 전까지 나는 무용의 세계란 어렵고 낯설고 범접할 수 없는 것이라고만 생각했었다. 그러나 음악가의 눈엔 세상에 음악 아닌 것이 없고 시인의 눈엔 시 아닌 것이 없듯 무용수의 눈에 모든 몸짓은 춤이라는 것을 새삼 깨달았다. 비록 몸은 극장의 비좁은 의자에 붙박여 있지만 정신은 무대 위에서 무용수들과 함께 춤추고 있었다. 자유롭고 아름다웠다.

그 후로 나는 피나의 이름을 결코 잊을 수 없게 됐다. 너무 늦게 사랑에 빠져 그녀가 무대에 선 모습을 실물로 볼 기회는 잃었지만 그녀에 관한 책들, 남겨진 영상들을 통해 그녀를 추적해나갔다. 그럼에도 불구하고 나는 피나를 잘 모른다. 평소에 무용 공연을 즐겨 보지도 않고 현대무용의 역사에 조예가 깊지도 않으며 무용수들의 삶을 진지하게 들여다본 적도 없다. 그저 이따금씩 무대 위 무용수들의 깃털 같은 움직임을 바라보고 있노라면 관절 인형처럼 삐걱거리는 내 몸의 구차함을 잠시 잊을 수 있다는 것. 책상에 앉아 주로 머리를 쓰는, 추를 달고 깊은 바닷속으로 침잠해가는 나의 작업과는 다르게 말로는 할 수 없는 것들을 몸으로 언어화하는 작업에 대한 막연한 동경과 호기심이 있다는 것. 그것이 내가 피나에 대한 이야기를 시작하려는 거의 모든 이유다.

한 살 터울의 친언니에게 '피나 바우쉬'에 관한 책을 엮게 되었다고 하자 언니는 "나도 피나 좋아. 할머니 닮았잖아"라는 말을 했다. 그 말을 듣고 피나 바우쉬의 사진을 다시금 들여다봤다. 빼빼 마른 몸, 늘 담배를 들고 있는 길고 가는 손가락, 일의 영역에서나 생활의 영역에서나 매사 오차가 없어 보이는 깐깐한 성미, 매서움과 정확함이 공존하는 눈매도 물론이지만 특히나 그 머리 모양, 오 대 오 가르마를 타서 단정하게 하나로 묶은 머리를 보고 있노라니 왈칵 눈물이 난다. 사랑이 시작되는 데는 아무 이유가 없기도, 수많은 이유가 있기도 하다. 한 사람의 심장에 사랑이 스미는 속도도 저마다 다를 테지만 적어도 피나에 대한 사랑만큼은 이렇게 말할 수 있을 것이다. 오랜 시간 봉인되어 있던 비밀스러운 다락의 문을 연 것처럼 그녀가 내게로 와락 쏟아졌다고. 피나의 얼굴과 할머니의 얼굴이 겹쳐지는 순간 그것은 모든 이유이자 이유 없음이 되었다.

나는 언제부터 춤추는 법을 잊어버렸을까

대학 땐 영화를 참 많이 봤다. 어떤 날은 하루에 대여섯 편씩 밤을 새워 영화를 보기도 했다. 그 무렵 나의 다이어리는 금광과도 같았다. 보고픈 책과 영화의 목록을 수십 개씩 적어두고 밑줄을 그어가며 독파해나가는 재미에 푹 빠져 있었다. 하고픈 것을 다 하기에는 하루가 턱없이 모자라던 날들. 그 무렵 내가 사랑했던 이름들은 모두 어디로 갔을까. 요즘 내 삶은 무의미나 권태 같은 무시무시한 단어들에 점령당해버린 것 같다. 무의미나 권태가 무서운 건 그것이 일상화된 공포라는 데 있다. 복도 끝에서 쿵쿵쿵 다가오는 발 없는 귀신이 아니라 안개처럼 가랑비처럼 모든 곳에 스며 있는 공포. 이제 나는 파닥거리는 생선도, 붉은 기가 도는 축축한 닭의 모가지도 슬픔 없이 내려치는 사람이 되었다.

어제는 세탁기에서 빨래를 꺼내 널다 말고, 시인은 스물한 살에 죽고 혁명가와 로큰롤 가수는 스물네 살에 죽는다던 하루키의 말이 떠올랐다. 물론 생물학적인 죽음을 이야기하는 것은 아니고 모든 사람 안에 존재했던 시인과 혁명가와 로큰롤 가수의 존재론적인 죽음을 뜻하는 말이었다. 아직 나는 시인으로 살고 있으니 다행이라고 여겨야 할까. 내 안의 혁명가는 아직 살아 있을까. 시인과 혁명가만큼은 간헐적으로나마 살아 있다 하더라도 로큰롤 가수와 무용수만큼은 완전히 죽어버린 것 같다. 노래하거나 춤을 추는 내 모습이 상상조차 되지 않으니 말이다.

나는 언제부터 춤추는 법을 잊어버렸을까. 내친김에 내 춤의 역사를 잠시 회상해보기로 한다. 기억하는 한 내가 춘 최초의 춤은 아마도 개다리 춤이었을 것이다(아이들은 누가 가르쳐주지 않아도 왜 개다리 춤을 추는 걸까?). 설이나 추석 때 어른들 앞에서 빼지 않고 재롱을 떨면 박수 세례와 함께 짭짤한 용돈을 건네받곤 하던 기억. 그 용돈이 누구 주머니로 들어갔는지는 여전히 의문이지만 어렸을 때의 나는 상당한 무대 체질이었음이 틀림없다.

유치원 학예발표회 때는 '검은 고양이 네로' 복장을 하고 군무를 췄다. 머리는 말괄량이 삐삐처럼 양 갈래로 땋고, 목에는 커다란 붉은 리본을 묶고, 엉덩이에 매달린 긴 꼬리를 이리저리 흔드는 춤이었다. 무대 위에서 으레 울음을 터뜨리곤 하는 친구들과는 달리 나는 모든 동작을 완벽하게 소화했다. 물론 나의 기억을 믿을 수는 없지만, 그날 촬영한 사진을 보면 인생에서 가장 자신감 넘치고 행복한 시간을 지나고 있었음이 분명하다. 누가 네 이름이 뭐니 물어도 '야옹' 하고 대답했을 것 같은 자신감이다.

그 후의 기억은 초등학교 육 학년 수학여행 때로 이어진다. 수학여행의 하이라이트! 장기자랑 시간에 당시 유행하던 '영턱스클럽'의 〈정〉이라는 노래에 맞춰 춤을 추었던 것이다. 클라이맥스 부분에서 허리에 묶여 있던 남방을 풀어 깃발처럼 흔드는 동작을 추가했는데 (어디서 본 건 있어가지고) 그때의 자아도취는 이루 말할 수 없다. 무대는 모래바닥, 현란한 사이키 조명 대신 불빛이라곤 모닥불이 전부였지만 무대가 끝난 뒤 친구들과 이런 말들을 나누었던 게 틀림없다. "우리 정말 멋있지 않았냐? 하얗게 불태웠어!"

아마도 그것이 마지막이었던 듯하다. 중고등학교 시절에도 틈틈이 스트레스를 풀기 위해 노래방을 찾곤 했지만 언제부터인가 노래방 의자에 비딱하게 앉아 서글픈 발라드만 불렀다(〈서시〉 없는 인생은 생각조차 할 수 없다). 자연스레 나의 흥도 잦아들었다. 그 이후론 춤의 'ㅊ' 자와도 거리가 먼 생활이 계속되었으니 말이다. 너무 오래 춤을 잊고 산 까닭인지 이제는 춤이 뭔지도 잘 모르겠다. 사전에서는 "장단에 맞추거나 흥에 겨워 팔다리와 몸을 율동적으로 움직여 뛰노

18

는 동작"이라고 한다. '무용'은 그보다는 좀 더 우아한 느낌이 묻어 나오는데 '음악에 맞추어서 몸을 움직여 감정과 의지를 표현하는 예술'이라고 소개되어 있다. 의미가 어렵지는 않으나 여전히 나와는 상관없는 일처럼 여겨진다. 배고프면 손이 떨리고 화부터 나는 나에게 춤이라니, 힙합·발레·자이브·탭댄스 그런 어려운 법도는 하나도 알지 못하는 나에게 춤이라니, 무용이라니!

그런데 피나는 조금 다른 이야기를 하는 것 같았다. 영화 〈피나〉가 좋았던 데는 여러 이유가 있지만, 가장 좋았던 건 무대 위 무용수들이 고된 훈련의 결과물이라기보다는 어떤 감정의 세포들처럼 여겨졌다는 점이다. 어찌 보면 충분히 연습한, 정해진 동작을 하는 것인데도 어딘가 달랐다. 쓰러지는 연인을 계속해서 일으켜 세우는 남자, 카페에서 홀로 유리벽을 두드리는 여인, 한 여인의 뒤를 쫓아다니며 삽으로 흙을 퍼서 던지는 사람… 이런 동작들이 무용이라면 새삼 어려울 것도 특별할 것도 없었다. 다소 연극적인 동작으로 상징화되어 있을 뿐 주변을 조금만 둘러봐도 충분히 일어나고 있는 일들이니까. 아무도 태어나지 않거나 죽지 않는 하루가 있을까. 어느 누구도 사랑에 빠지지 않는 하루가, 어느 누구도 헤어지지 않는 하루가 있나. 어제는 쓰러지는 여인이었다가 오늘은 그녀를 일으켜 세우는 남자가 되는 게 사랑 아닌가. 유리로 된 방 안에 갇혀 계속 벽을 두드리는 것, 커다란 나무를 이고 지고 가는 고됨이 삶이자 시간 아닌가.

그러니까 나는 춤추는 법을 잊은 것이 아니라 춤을 발견하는 '눈'을 잃어버렸던 것이다! 그 후론 눈을 뜨고 다니려고 노력했다. 놀랍게도 이젠 춤 아닌 것이 없었다. 바람에 흔들리는 나뭇잎, 춤이다. 금방이라도 비가 올 것처럼 하늘을 뒤덮은 검은 구름, 춤이다. 자주가는 카페의 2층 창가, 책으로 빨려들어갈 듯 꾸벅꾸벅 졸고 있는 여인의 어깨, 춤이다. 목줄에 묶인 개에게 질질 끌려가는 인간, 춤이다. 홀로 늦은 저녁을 해결하려고 만두를 포장해가는 남자의 검은 비닐봉지, 춤이다. 꽃다발을 들고 기둥 뒤에 숨어 연인을 기다리는 남자, 춤이다. 이삿짐 트럭이 떠나고 전봇대 아래 홀로 남겨진 커다란 곰돌이 인형, 춤, 춤, 춤이다!

그렇게 나는 매일같이 '오늘 본 춤의 목록'을 적기 시작했다. 그리고 그것들의 다른 이름이 '시'라는 것을 깨닫는 데는 그리 오랜 시간이 걸리지 않았다.

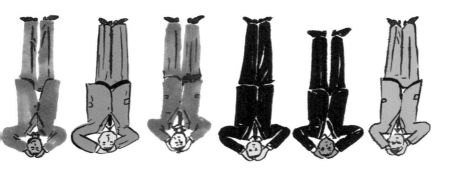

세상의 끝까지 5일

피나, 이것은 당신에게 보내는 첫 번째 편지입니다.

요 며칠 저는 '5'라는 숫자를 오래 들여다보고 있었어요. 당신에게도 5라는 숫자는 특별한 것이겠지요? 잘 알려져 있듯 당신은 암 선고를 받은 지 불과 5일 만에 세상을 떠났으니까요. 5년도 5개월도 아니라 5일이라니, 순간 내가 잘못 읽은 건가 싶었어요. 아마도 당신을 사랑하는 모든 이들에게 5라는 숫자는 너무나 믿기지 않고 허망한 시간의 단위일 겁니다.

당신에게 그 5일은 어떤 시간이었을까요. 어쩌면 당신은 결코 짧지 않은 시간이었다고 이야기할지도 모르겠습니다. 신이 천지를 창조하는 데 걸린 시간은 불과 7일이 아니냐고요. 엄밀히 말하면 세상을 만든 건 6일간이었고 마지막 하루는 안식일이었으니 한 세상을 만드는 것보다 겨우 하루 부족할 뿐이었다고 하실 수도 있겠군요. 구차하지 않아 좋았어, 말이 많은 건 싫으니까. 그런 눈빛을 보내며 미소 짓는 당신을 상상해봅니다. 어떤 안녕도 쉽거나 가벼울 수는 없겠지만 말이에요.

영화 〈피나〉를 보면서도 그런 생각이 들었습니다. 저들은 모두 당신을 사랑하는구나. 당신을 그리워하는구나. 당신과 연결된 사람들이 한 명씩 나와 당신에 대해 이야기하는 것을 보면서 과연 나는 사람들에게 어떤 모습으로 기억될 것인가 생각해보게 되더군요. 한 무용수는 당신에게 더 미치라는 말을 들었다고 했습니다. 또 다른 이는 당신 앞에서 속마음을 감추고 싶어도 그럴 수 없었노라고, 어쩐지 당신이 자신의 두려움을 꿰뚫어보는 것 같았다고 말했지요. 당신은 끊임없이 질문을 던지는 사람이었다고 말하는 이도 있었습니다. 그 말들 자체도 물론 황홀했지만, 그 말을 하는 이들의 표정이 이미 모든 말을 대신하는 것 같았습니다. 눈빛 속에 답이 있었어요. 사랑과 존경으로 충만한 눈빛.

당신은 말의 한계를 몸의 언어로 극복하려는 사람이지만 나는 반대로 세상에 존재하는 모든 비언어적 몸짓을 언어로 번역하려는 사람입니다. 세상은 내게 끊임없이 신호를 보냅니다. '자, 이 장면을 문장으로 바꿔봐. 정말 그 문장이 맞아? 조금 더 정확하게 표현할 순 없겠니?' 하고 말이지요. 이를테면 이런 것입니다. 하루는 마트 앞에서 엄마에게 투정을 부리는 아이를 보았습니다. 엄마는 호랑이보다 무서운 얼굴로 아이의 손목을 움켜쥐었고 아이는 질질 끌려가기 시작했지요. 그 장면을 보는 순간 이런 문장이 머리를 스쳤습니다. '무언가에 끌려가는 사람의 팔은 한없이 길어진다.' 생각은 이어졌습니다. 나는 몇 개의 긴 팔을 가지고 있을까. 그 팔에 붙들린 채로 얼마나 멀리 끌려온 것일까. 그 팔을 잘라내는 방법은 무엇일까…. 어떤 장면은 시가 되고, 어떤 장면은 시 이전의 상태에 머물러 있기도 합니다. 그러나 어느 경우라도 제 안에선 얼룩이 되지요.

당신의 작품도 마찬가지입니다. 당신이 보여주는 이미지들은 내게 끝없는 자극을 주고 시를 쓰고 싶게끔 만들어요. 당신의 작업 방식에 대한 설명을 들었을 때 나는 고개를 끄덕일 수밖에 없었습니다. 잘 짜인 레퍼토리 안에 무용수들을 배치하고 움직임을 강요하는 것이 아니라, 역으로 무용수들에게 질문을 던지고 아이디어를 구하며 스스로 움직이게끔 하는 것. 그것은 때로 당신의 작품을 어렵게 만드는 요인이기도 하지만, 끝끝내 단순해지지 않는 방법이기도 하겠죠. 그렇게 문이 많은 작품 앞에는 몇 시간이고 앉아 있을 수 있어요. 기꺼이, 기꺼이요.

당신이 공연 연습 때 무용수들에게 제시했다던 질문의 목록을 들여다봅니다.

점점 많아지는데 중지시킬 수 없는 어떤 것 / 동물을 위한 안락사가 있나 / 바나나 껍질 위에서 춤을 춘다 / 스스로에게 매우 용감하게 여겨

지는 어떤 것[1]

어느 것 하나 쉽게 넘어가지지가 않네요. 이런 질문들을 통과하며 만들어진 작품이라니, 그럼요, 쉬울 리가 있겠어요. 이왕 어려운 김에, 오늘은 이 어려움의 목록에 하나를 더 놓아보기로 합니다. '세상의 끝까지 5일이 남아 있다면.' 오늘은 당신의 마지막 5일을 생각하는 일로 하루를 시작한 날이니까요. 그래서 답을 얻었냐고요? 아니요, 그럴 리가요. 그러나 언젠가는 쓸 수 있기를 바라요. 마음은 언제나 그래요.

단순한 건 없어요, 모든 건 복잡하다고요

세상이 온통 나를 속이는 것 같은 느낌이 들 때가 있다. 얼마 전에는 미용실에 갔는데 미용사분이 머리를 자르다 말고 말을 걸어왔다. "사람 대하는 일을 하시나 봐요." 마침 수업을 마치고 귀가하던 터라 그 말에 적잖게 놀라서는 "어머, 용하네. 그걸 어떻게 아셨어요?" 했다. 날씨 얘기부터 드라마 얘기까지, 한참을 신나게 떠들다 미용실을 나서려는데 문득 번개를 맞은 것처럼 속은 느낌이 들었다. 아니, 세상에 사람을 안 대하는 일도 있나 싶은 거다.

내가 이렇다. 저쪽에서 한 마디만 툭 던지면 심정적인 동조와 더불어 내 어리석음을 줄줄이 쏟아내는 타입. 달리 말하면 오지랖이 넓고 참으로 덜렁대는 성격이라고도 할 수 있겠다. 최근에 본 한 드라마에선 직장 동료들이 모여 '저 인간은 참 잔정이 없다'며 상사 흉을 보는 장면이 있었는데 그 말을 받아치는 다른 직원의 말이 압권이었다. "야, 큰 정도 없어!" 나는 왜 그런 화법 구사가 안 되는 걸까. 세상을 재치 있게 살고 싶다. 남을 속이고 싶지는 않지만 적어도 내가 나한테 속으며 살고 싶지는 않다. 큰 정은 물론 잔정까지 너무 많아 탈인 나는 번번이 좌절하고 번번이 후회하지만 말이다.

　갑자기 이런 이야기를 꺼낸 건 페드로 알모도바르의 영화 〈그녀에게Talk to Her, 2002〉를 보다가 머리를 얻어맞은 듯했던 어느 대사 때문이다. 〈그녀에게〉는 한동안 잊고 있다가 '피나'를 떠올리며 다시 찾아본 영화였다. 잘 알려져 있듯 이 영화는 피나의 작품 〈카페 뮐러 Café Müller〉의 한 장면으로 시작된다(영화의 오프닝뿐 아니라 엔딩 장면에서도 피나 바우쉬의 무용 〈마주르카 포고Masurca Fogo〉가 쓰였다). 주인공 베니그노는 비 오는 날 불의의 사고를 당해 코마 상태에 빠져 있는 무용수 알리시아를 지극정성으로 보살피는 간호사이다. 그날도 베니그노는 침대에 누워 있는 알리시아에게 〈카페 뮐러〉 이야기를 들려준다. 무대 위에는 수십 개의 의자가 널려 있고, 그 의자들 사이로 흰 옷을 입은 여자 둘이 눈을 감고 돌아다니고 있었노라고. 그녀가 혹여 다치지는 않을까 노심초사하며 의자를 치워주는 남자도 있었는데 세상에서 가장 슬픈 남자처럼 보였노라고. 알리시아는 그런 베니그노의 존재를 전혀 알지 못하지만, 베니그노는 자신의 손길이 아니면 홀로 씻을 수도, 먹을 수도, 입을 수도 없는 알리시아를 바라보면서 사랑의 충만함을 느낀다.

그리고 또 한 명의 주인공이 있다. 베니그노가 피나의 〈카페 밀러〉를 보던 날, 바로 옆자리에 앉아 눈물 흘리던 남자 마르코. 그 역시 투우 경기 도중 사고를 당해 코마 상태에 빠진 애인 리디아를 돌보고 있다. 알리시아에게 끊임없이 말을 걸며 소통하려는 베니그노와는 달리 마르코는 이 낯섦을 쉽사리 받아들이지 못한다. 그는 사랑하는 리디아의 몸에서 리디아가 빠져나가버렸다고 생각하면서, 자신이 사랑하는 것이 리디아의 무엇이었는지를 내내 질문하는 사람처럼 보였다. 우리가 사랑의 대상이라고 부르는 것, 그리고 그 대상을 향해 한없이 쏟아내기도 하고 때로는 거두어 오기도 하는 마음의 정체는 또 무엇인지에 대한 질문. 베니그노가 상대의 동의를 구하지 않는 헌신도 사랑이 될 수 있는지를 질문하는 인물이라면 마르코는 베니그노와는 전혀 다른 방식으로 사랑을 은유하는 인물이다. 그는 한없이 고독하며 자주 눈물을 흘린다.

왜 하필 〈카페 밀러〉여야 했을까. 영화를 보기 전 가장 먼저 들었던 의문이다. 물론 영화를 보고 난 뒤에는 그 질문 자체가 필요 없어지지만 말이다. 〈카페 밀러〉는 한마디로 '사랑'에 대한 이야기이다. 그냥 '사랑'이 아니라 '사랑의 모든 것'에 대한 이야기이기에, 베니그노나 마르코가 아닌 다른 누구의 이야기였더라도 〈카페 밀러〉는 영화의 흐름상 결코 어색하지 않은 장면이었을 것이다. 그러나 〈카페 밀러〉라는 거울을 통해 비춰본 주인공들(베니그노와 마르코)의 사랑만큼은 유난히 슬프고 어두운 색채가 짙다. 눈을 감은 채 유령처럼 비틀거리며 걷는 여인과, 그런 그녀를 위해 끊임없이 의자를 치워주는 남자. 그것은 같은 시간, 같은 공간에 있지만 끊임없이 어긋나는 관계에 대한 메타포였을까. 시간은 자비 없이 흐른다. 나쁜 예감이 틀린 적 없듯, 그들 사랑의 종착지는 비극을 향해 달려간다.

베니그노는 코마 상태의 알리시아를 임신시킨 죄목으로 감옥에 수감되었다가 약을 먹고 목숨을 끊는다. 스스로 만든 감옥을 빠져 나오지 못해 리디아를 떠났던 마르코도 머잖아 리디아의 부고를 듣게 된다. 줄거리만 적어놓고 보면 비극임이 틀림없으나, 비극이라는 외피를 두르고 있다고 해서 결코 단순할 수는 없는 이야기이다. 왜냐 하면 한 아이를 잉태했기 때문에 알리시아는 긴 코마 상태에서 기적처럼 깨어날 수 있었고, 새로운 무용은 상연되기 시작됐으며, 이번에는 마르코와 알리시아가 서로를 마주 보는 장면에서 영화가 끝이 나기 때문이다. 영화의 마지막 시퀀스, 극장에서 우연히 만난 마르코를 통해 베니그노의 사연을 전해 듣게 된 알리시아의 무용선생님은 대체 어찌 된 일이냐고 나중에 다시 자세히 이야기하자고 말한다. 마르코는 너무 복잡하게 생각할 것 없다고 응수하지만 선생님은 단호히 말한다. "세상에 단순한 게 어디 있어요. 모든 건 발레처럼 복잡하다고요."

세상에 단순한 건 없다는 말. 나는 그 말에 또 한 번 걸려 넘어
지고 말았다. 비극은 비극이기만 한 것이 아니고 그 반대도 마찬가지
다. 사실은 세상 모든 일이 그렇다. 익숙한 것은 익숙하다고 생각되는
순간 낯설어지고, 아는 것은 안다고 생각되는 순간 모르겠는 것이 된
다. 도무지 종잡을 수가 없다.

　그래서 무서웠다. 무엇이 나를 할퀴고 지나간 것 같은데 그것이
무엇인지 알 수 없어서. 단지 속았다는 느낌 때문이 아니라 영원히
모르는 채로, 영원한 어리석음 속에서 어, 어어, 끌려가다가 한 생을
끝마치게 될까 봐. 시간이 내게 가르쳐준 것들이 없지 않다고, 이제
는 세상을 조금은 알 것 같다고 생각했는데 여전히 어떤 시간은 나
를 열어 바닥까지 휘젓고 유유히 사라져버린다. 여전히 멀다. 멀리에
있다. 그런데 그 멀리는 어딘지, 멀리에 있다고 믿는 것은 또 무엇인지
알 수 없어서 도무지 단순해질 수가 없다. 좋은 예술작품이 언제나
그러한 것처럼.

눈을 감고 아래를 보는 것과 눈을 감고 앞을 보는 것

　어떤 마음으로 눈을 감고 있을지 궁금했다. 〈카페 뮐러〉를 연기하는 무용수들 말이다. 무대 위의 수많은 의자들이 흉기처럼 느껴지지는 않았을까. 아무런 보호 장치 없이 걷고 부딪히고 쓰러지는 동작들을 반복하다 보면 몸 성할 날이 없었을 것 같다. 실제로 〈카페 뮐러〉를 연기했던 한 무용수는 이렇게 이야기하기도 했다. "무대 위를 걸어 다닐 때 배에 구멍이 난 것처럼, 죽었다 살아난 것처럼 움직였어요." 나는 '배에 구멍이 난 것처럼'이라는 표현에 오래 머물러보았지만 그 마음의 근처에도 가닿을 수가 없었다.

　시각, 촉각, 후각, 미각, 청각. 흔히 말하는 인간의 오감 가운데 나는 무엇에 가장 예민한 사람일까. 전반적으로 고르게 예민한 편이긴 하나 굳이 하나를 고르라면 아무래도 후각인 듯싶다. 악취는 물론이고 향신료 냄새나 고기 누린내, 석유 냄새, 덜 마른 빨래 냄새 같은 것을 잘 견디지 못하기 때문이다. 반면 상실의 공포가 가장 큰 감각을 꼽으라면 무조건 시각일 것이다. 평소 캄캄해지는 것을 잘 견디지 못해 해 질 녘에는 창밖도 잘 내다보지 못하는 내게 시력의 상실은 상상만으로도 치명적이다. 눈을 감고 어둠의 세계로 진입하는 것. 그 자체가 두려운 것은 아니다. 끝이 정해져 있는 어둠은 때로 고요와 평안, 휴식을 선사하기도 하니까. 그러나 끝없는 어둠은 다르다. 눈을 떠도 캄캄하고, 불을 켜도 캄캄한 세계에 영원히 갇혀버린다면 지금과는 차원이 다른 싸움이 펼쳐지지 않을까. 그건 견딤에게 삶의 전부를 내어주고도 번번이 부딪히고 쓰러지는 일일 것이다.

오래전 보았던 〈퍼펙트 센스Perfect Sense, 2011〉라는 영화도 떠오른다. 이 영화는 인간이 정체 모를 바이러스에 감염되어 감각을 차례로 잃어가는 과정을 담고 있는데 청각을 상실했을 땐 영화의 모든 소리가 멎었고 시각을 상실했을 땐 화면이 암전된다. 감각이 하나씩 사라져갈 때마다 내가 어마어마한 감각의 숲에 둘러싸여 있었음을 자각하게 되고 그와 비례해서 공포의 강도도 커져간다. 가장 마지막으로 주인공들이 시각을 상실했을 땐 스크린 밖의 나 역시 우주에 홀로 남겨진 듯한 기분이 들었다. 영원히 발견되지 않을 책 속에 갇혀 깃털처럼 둥둥 떠다니는 존재들. 산 것도 죽은 것도 아닌 존재들.

말년에 시력을 상실했던 호르헤 루이스 보르헤스도 그런 기분이었을까. 궁금한 마음에 펼쳐본 책에는 조금은 의외의 이야기들이 적혀 있다. "아주 서서히 시력을 잃어가고 있다는 것을 알았으므로 특별히 충격을 받은 순간은 없었어요. 그건 여름날의 더딘 땅거미처럼 왔어요. 나는 국립도서관 관장이었는데, 내가 글자가 없는 책들로 둘러싸여 있다는 것을 발견한 거예요. 그다음엔 내 친구들의 얼굴을 잃었어요. 이어 나는 거울 안에 아무것도 없다는 것을 알게 되었지요. 그런 다음 모든 게 흐릿해졌고, 지금은 흰색과 회색만 겨우 알아볼 수 있어요. 셰익스피어는 '맹인이 보는 암흑을 보며'라고 말했는데, 그가 잘못 안 거예요. 맹인은 암흑을 볼 수 없어요. 나는 희뿌연 빛의 한가운데에서 살고 있답니다."[2]

시력을 상실했을 때 펼쳐지는 세계가 '암흑'이 아니라 '빛의 한가운데'라는 사실은 여러모로 곱씹게 되는 문장이다. 심지어는 이상한 위로를 가져다주기도 하는데 암흑에 점령당해 무력한, 수동적인 상태가 아니라 빛의 가호를 받으며 능동적으로 살아 있는 모습이 자연스레 떠오르기 때문이다. 어둠이 어둡기만 할 거라는 생각은 어둠 바깥의 착각일 수 있다. 지금껏 나는 그런 식으로 얼마나 많은 것들을 단정 짓고 오해해왔던 것일까. '배에 구멍이 난 것처럼'이라는 문장을 한 방향으로만 읽으며 어둠에 못질을 하고 자물쇠를 걸어 잠근 것은 아니었을까.

34

'세상에 단순한 것은 없다'는 말에 또 한 번 걸려 넘어진 기분이다. 눈을 감는 행위 안에도, 앞을 보는 행위 안에도 수천수만의 층위가 있다는 사실을 자꾸 잊는다. 〈카페 뮐러〉를 공연한 무용수가 영화 〈피나〉에서 들려주었던 이야기가 떠오른다. 〈카페 뮐러〉는 눈을 감고 춰야 하는 춤이었는데, 언젠가 한번은 재공연을 하는데 자신에게 너무나 특별했던 감정이 되살아나지 않아 놀랐던 적이 있다고. 그 순간 그녀는 자신이 눈을 감는 방법에 차이가 있었다는 걸 깨달았다고 한다. 눈을 감고 아래를 보는 것과 눈을 감고 앞을 보는 것에는 아주 큰 차이가 있고, 그 차이를 인지하고 눈을 감으니 놀랍게도 그때의 감정이 되살아났다고 말이다. 아마도 그것은 밀리미터보다도 작은 감정의 단위일 것이다. 그러나 그 작음은 결코 작지 않을 것이다.

작다는 말의 커다람을 이렇게 또 배운다. 눈을 감고도 충분히 앞을 보고 있었을 〈카페 뮐러〉의 무용수들처럼 나 역시도 눈을 감아본다. 눈을 감고 아래를 보는 것과 눈을 감고 앞을 보는 것의 차이에 아직은 둔감하지만 조금씩 연습해보기로 한다. 시인으로서 내가 감각할 수 있는 세계는 아마도 이런 것일 테다. '새가 날아간다'라는 문장과 '새로 날아간다'라는 문장 사이의 어마어마한 차이를 감지하는 일. 한 줄의 문장이 곧 하나의 우주임을 끈질기게 보여주는 일. 그렇게 한 단어, 한 문장 성실하게 만나다 보면 언젠가는 어둠도 암흑이 아니라 빛의 한가운데라는 사실을 알게 되겠지. 이 문장이 단지 글자가 아니라 삶 속에서 체험될 순간을 기다린다.

어려운 마음을 알아보는 눈

　마음이 너무 어려워 찾아간 곳에서 나는 세 개의 원을 그려볼 것을 요청받았다. 아무렇게나 그리는 것은 아니고 안에서부터 차례로 세 개의 동심원을 그린 뒤 가장 안쪽 원에는 '나도 사랑하고 나를 사랑해주는 사람'의 이름을, 그다음 원에는 '나는 사랑하지만 나를 사랑해주는지는 모르겠는 사람'의 이름을, 맨 마지막 원에는 '나도 사랑하지 않고 나를 사랑해주지 않아도 괜찮은 사람'의 이름을 적어야 했다. 잠깐의 고민 끝에 나는 몇몇 이름들을 적었다. 그건 마치 잘린 나무 둥치의 나이테 같기도 했는데 그걸 바라보는 마음이 너무나도 낯설었다. 나의 인간관계를 이렇게 도식화할 수 있다는 것에 한 번 놀라고 그렇게 쓰인 이름들이 너무나 내 예상을 벗어나는 것이어서 두 번 놀랐다고나 할까.

　우리는 거기 적힌 이름들에 관해 오랜 시간 대화를 나눴다. 이야기는 자연스레 내가 사람을 볼 때 무엇을 가장 중요하게 보는 사람인지로 이어졌다. 누구에게나 사람을 선택하는 기준이 있을 것이다. 이 사람과는 좀 더 친해지고 싶지만 이 사람과는 단 오 분도 같이 있고 싶지 않아. 그걸 판가름하는 기준은 개개인마다 다를뿐더러 심지어 무척 주관적이다. 그러니 심벌즈처럼 이쪽과 저쪽의 마음을 쨍하고 부딪칠 수 있는 상대를 찾는 일은 얼마나 어려운 일일까. 내 경우 상대를 볼 때 가장 중요하게 생각하는 것은 눈빛과 표정이다. 특히나 눈빛은 마주 앉은 사람의 하루를, 나아가 일생을 좌지우지하는 힘을 가졌다고 믿는다. 경멸의 눈빛, 포기의 눈빛, 허무와 맹목의 눈빛은 강력한 파괴력을 지닌 무기와 같다. 그 반대도 마찬가지. 사랑의 눈빛, 경청의 눈빛, 슬픔과 고독의 눈빛은 때때로 한 사람을 일으키기도 한다.

그러므로 나는 언제나 표정을 신경 쓰는 사람이다. 지금 내 표정이 어떤지, 혹여나 내 의지와는 상관없이 상대에게 오독되거나 상처를 주고 있는 건 아닐지 늘 조심하고 노심초사한다. '표정을 들켰다'는 말을 자주 하는 것도 그 때문이다. 표정을 들킨 날이면 나를 다 들킨 것처럼 마음이 괴롭다. 나의 안쪽, 두려움과 그늘이 흘러넘친 것 같아서. 세 개의 원 안에 이름을 적을 때 중요하게 생각한 것도 바로 그 점이었다. 이 사람에겐 나를 들켜도 괜찮은지 아닌지. 대부분의 관계는 훼손될수록 어긋나지만 어떤 관계는 훼손과 회복이 맞물린다. 이따금, 나는 그 원들을 떠올려본다. 가족과 몇몇 친구의 이름이 적힌 가장 작은 원을 생각할 때마다 어쩐지 충분하다는 마음이 든다.

피나의 경우는 어떨까. 그녀는 '부퍼탈 탄츠테아터'를 이끄는 수장으로서 자신과 함께할 무용수들을 선택해왔다. 피나의 명성만큼이나 오디션에 참여하고자 하는 무용수들도 적지 않았을 텐데 그녀는 어떤 기준으로 자신만의 '정예부대'를 꾸려왔을까. 무용수의 피지컬이나 테크닉이 중요하진 않았을 것 같다는 정도의 예측은 하고 있었지만 피나는 생각보다 복잡한 인물 같다. 처음 만나자마자 대단하거나 기묘한 것을 꺼내 보이려 하는 외향적인 부류에게는 회의적이지만, 낯선 상황에서 자신을 벗어나는 데 어려움을 느끼는 인물들에게는 호의적이었다니 말이다.[3] 아마도 피나는 완벽을 바라기보단 고민하는 법을 아는 사람, 어려운 것을 어려움의 자리에 두는 사람을 원했던 것 같다. 왜냐하면 그녀 자신이 '어려운 마음'을 알아보는 눈을 지닌 사람이었기 때문에.

냉철한 눈빛과 냉정한 눈빛은 다르다는 걸 그녀를 보며 깨닫는다. 어쩐지 그녀 앞에서라면 다짜고짜 눈물부터 흘릴 것 같다. 그 눈물의 의미를 굳이 설명하지 않아도 아름다운 동문서답처럼 "사랑을 위해 춤추세요"라는 말이 되돌아올 것 같다. "몸속을 돌아다니는 바늘이 있어요" 아무 맥락 없이 그런 말을 건네면 잠시 뒤 "오늘은 슬픔이 색종이처럼 접혔어요" 대답할 것 같다.

그녀에게 세 개의 원이 주어진다면 그녀는 어디에 어떤 이름들을 적을까. 이런 건 문제를 단순하게 만들 뿐이에요, 이런 식으로 스스로에게서 손쉽게 벗어나려고 하면 안돼요, 하며 거절하지는 않았을까. 혹은 '세 개의 원 안에 이름 가두기'라고 적힌 문장을 들여다보며 재빨리 새로운 동작을 고민하고 있었을지도!

당신의 '카페 밀러'는 어디인가요?

　　내가 좋아하는 카페는 얼마 못 가 문을 닫는다. 그도 그럴 것이
내가 먼 길을 에둘러서라도 기꺼이 찾아가려는 장소는 사람들 눈에
잘 띄지 않는 곳에 있기 때문이다. 유심히 살피지 않으면 거기 그런
곳이 있었는지도 모르는, 손님이 많지 않아서 내 쪽에서 도리어 임대
료를 걱정하게 되는 곳. 추가로 이런 조건들도 충족해야 한다. 인테리
어도 미니멀하고 커피 맛도 좋고 노트북 사용이 가능한 데다 선곡도
훌륭해야 하며 나 말고는 손님이 없기를. 주인 입장에서는 괘씸한 생
각이겠지만(아니, 그럴 거면 네가 가게를 차리지 그러냐!) 요즘은 그
런 카페를 찾는 일이 무척 어려워진 것도 사실이다. 눈 감았다 뜨면
카페 옆에 카페가 생겨나는 요즘 같은 시대에, 가고 싶은 카페가 없
다니. 뭐든 '내 것'을 찾는 일은 쉽지가 않다. 그것이 마음에 드는 카
페 하나, 커피 잔 하나를 찾는 일이더라도.

이왕 카페 이야기가 나온 김에 지금껏 내가 사랑했던 카페들을 떠올려볼까. 하루는 친구와 함께 서울 망원동을 거닐던 중에 가오픈 중인 카페에 들어갔다. 커피를 마시려던 참이었고, 유리창 너머 분위기가 나쁘지 않아 보여 별 고민 없이 들어섰는데 알고 보니 카페 이름이 '호시절'이었다. 카페를 나와서야 그 사실을 알게 되었다. 가장 아름다웠던 시간은 왜 항상 그곳을 지나온 뒤에야 깨닫게 되는 것일까. 매사 이렇게 늦된 마음으로, 타이밍을 놓치며 살아가고 있다는 생각에 조금 서러워지기도 했다.

 등단 무렵 한동안 시를 쓰기 위해 다녔던 카페는 지하철 7호선 수락산역에 위치한 '띵크커피'였다. 당시 살고 있던 집에서 버스를 타고 십오 분 정도 가야 했지만 다른 지점보다 비교적 한산한 편이었고 공정무역을 잘 실천하는 카페라기에 일부러 찾아간 것도 있다. 당연히(?) 뭔가를 쓰는 시간보다는 노트북을 펼쳐두고 멍하니 창밖을 바라보는 시간이 더 많았다. 커피는 빨리 식었다. 냅킨에는 가게 이름인 'Think'라는 글자가 적혀 있었는데 시가 잘 써지지 않으면 테이블 위에 냅킨을 여러 장 펼쳐두고 바라보곤 했다. Think! Think! Think! 제발 생각 좀 하고 살라는 질책 같아서 마음이 무거워지기도 했지만 그렇게 혼이 나야(?) 드는 것이 정신이기도 했다. 그 힘으로 몇 줄의 문장을 더 적기도 했으니 말이다. 생각해보면 그곳은 창이 컸고 눈부실 만큼 햇살이 잘 들었다. 카페 위층에는 극장이 있어서 언제든 도망칠(?) 핑계가 충분했고 말이다(시를 쓰기엔 애초부터 적합한 환경이 아니었다는 뜻이다). 그럼에도 그곳을 잊지 못하는 건 내 젊은 날의 문장들이, 어떻게든 시에 다가서려는 뒤척임이 고스란히 녹아 있는 공간이기 때문일 것이다. 당연한 이야기지만 이제 나는 그때와 같은 문장을 쓸 수 없다. 그 시간으로부터 점점 더 멀어지고 그리워질 일만 남았을 뿐.

또 하나의 카페가 떠오른다. 대학에 다닐 무렵 지금은 없어진 종로의 작은 영화관 '스펀지 하우스'를 참 좋아했다. 꼭 영화를 보러 가지 않아도 약속을 잡을 땐 으레 그 근처에서 만나곤 했다. 그곳은 내 젊은 날의 사랑이 시작되었고 끝이 난 장소이기도 했다. 스물여섯의 어느 날, 나는 극장 옆 카페에서 이별 통보를 들었다. 아메리카노 한 잔을 앞에 두고서였다. 이유를 말해주었던 것 같은데 잘 들리지 않았다. 앞을 보고는 있지만 앞이 안 보였다. 눈물이 그렁그렁 차올라 시야를 다 가렸기 때문이다. 눈물방울이 이렇게 크구나, 앞에 앉은 한 사람을 다 가려버릴 만큼 큰 것이구나, 그때 알았다. 주변이 시끄러웠지만 신경 쓸 겨를이 없었다. 나는 이렇다 저렇다 말없이 자리를 박차고 나와 걷기 시작했고, 그도 나의 뒤를 따라왔다. 그땐 세상 끝으로 가고 싶다는 생각뿐이었다. 골목을 걷고, 큰길을 걷고, 횡단보도를 건너고, 지하도를 지나, 지하철 역, 선로의 끝에서 끝까지 걸었다. 막다른 곳이었다. 더는 갈 수 있는 길이 없어서 "이제 됐어, 그만가" 마음에도 없는 마지막 인사를 건넸던 것 같다.

    한동안 나는 종로 근처에도 가지 못했다. 가더라도 카페가 있는 쪽으로는 고개도 돌리지 못했다. 운석이 떨어지면 동심원을 그리며 그 일대가 전부 파괴되는 것처럼 그 시간을 둘러싼 나의 날들도 조금씩 망가져 있거나 망가져갔다. 생각해보면 나의 '카페 뮐러'는 그곳이었던 것 같다. 사랑이 시작되거나 끝나는 장소로 카페가 선택될 확률은 얼마나 될까. 시작되거나 끝나거나, 모든 사랑의 역사가 녹아 있는 공간을 '카페 뮐러'라고 한다면 이 세상엔 무수히 많은 '카페 뮐러'가 있고 각자에게는 단 하나의 '카페 뮐러'가 있겠지. '카페 뮐러'의 문을 열면 내내 끌어안고 있는 연인도, 그 연인을 떼어놓으려는 사람도, 장애물 같은 유리벽과 의자, 쓰러짐과 엎드림과 일어남, 부딪힘과 상처, 침묵과 소란 그 모든 것이 있겠지.

    그러므로 '카페 뮐러'는 세상 모든 곳에 있으며 어디에도 없는 장소일 것이다. 분명한 건 그곳의 문을 여는 누구라도 어김없이 슬픔에 빠질 거라는 사실이다. 이제는 다 지나왔다고 말하지만 실은 그곳에 내내 살고 있던 자신을 마주할 것이기에. 이제는 없는, 그러나 있는 '카페 뮐러'가 누구에게나 있을 것이기에.

두 번째 편지

끝나지 않는 식탁

피나, 두 번째 편지를 씁니다.

저는 요 며칠 여행을 다녀왔어요. 머리가 무거워서 좀 걷고 싶었거든요. 여행만큼 걷기 좋은 기회는 없잖아요. 매일매일 어딘가에 잘 도착해야만 하는 미션이 주어진다는 건 얼마나 행복한 일인지요. 도착을 모르는 시간만큼 우리를 불안하게 만드는 것도 없으니까요.

비행기 안에서 잠시 당신을 생각했어요. 당신은 공연을 위해 세계 방방곡곡을 누빈 사람이지만 아이러니하게도 비행공포증을 가진 사람이었지요. 그런데 어떻게 그 먼 거리들을 그렇게 수차례 오갈 수 있었던 건지 궁금해요. 사명감 때문이었을지, 공포를 뚫고 공포의 바깥으로 나가보려는 마음 때문이었을지. 어느 쪽이든 경이로운 건 마찬가지지만 말이에요.

47

저는 여전히 공포 안에서 살아가는 것 같습니다. 요즘 제가 가장 많이 하는 말도 '지겹다'라는 말이고요. 사는 게 지겨워. 하루하루가 지겨워. 특별하지 않은 내 삶이 지겨워. 그런 말들에 갇혀서 때로는 지겹지 않은 일들까지 지겹게 만들고 있는 건 아닐까 싶어요. 어떤 시기에는 제 삶이 너무 빠른 속도로 변하는 것이 두려워서 끙끙거렸는데 이제는 변하지 않는 것이 두렵다고 투정이니 저도 저를 알 수가 없네요.

이 공포와 불안의 정체가 무엇일지 내내 생각하고 있습니다. 당신의 작품 〈보름달Vollmond〉을 보면서도 들었던 생각이에요. 무대 위엔 거대한 암석이 놓여 있고 보름달이 떠오르면 폭풍우가 휘몰아치기 시작합니다. 무용수들은 온몸으로 비를 맞으며 춤을 추고 물에 젖은 바닥을 뒹굴거나 바위를 기어오르기도 하고요. 무척이나 격렬한 작품이었어요. 실제 물을 사용하는 공연이다 보니 역동성이 생생하게 전해져왔고요. 워낙 큰 규모에 압도당하는 것도 물론 있지만 그보다는 저 무용수들을 사로잡고 있는 '광기'의 정체에 대해 질문해보게 되더군요. 보름달이란 무엇일까요. 우리를 휘어잡고 전율케 하고 때로는 파괴하기도 하는 그 무시무시한 힘 말입니다.

이런 생각도 들었어요. '광기'라는 게 꼭 한 가지 형태인 건 아니라고요. 그러니까 〈보름달〉에서는 그것이 쏟아져 내리거나 사방

으로 튀어 오르는 물의 형태로 제시되었고 그래서 인간을 자꾸만 축축하고 무겁게 만들지만(무용수들이 물에 젖은 옷을 입고 춤을 추는 건 자기 몫 이상의 무게를 감당하는 일처럼 보였거든요), 지금의 저를 잠식시키는 광기는 보름달보다는 오히려 한낮의 '태양' 쪽에 가깝지 않은가 하고요. 사는 게 지겹다는 말을 달고 사는 저 역시도 어떤 광기에 사로잡혀 있는 것일 텐데 그때의 광기는 저를 끝없이 마르게 하고 쩍쩍 갈라지게 하고 목마르게 하거든요. 내가 발딛고 선 현실이 영원한 가뭄의 세계로 변해버리는 건 아닐까 하는 공포. 제 불안의 원인은 그것일지도 몰라요. 더위와 더위, 끝없는 더위만이 존재하는 삶이 영원히 지속되리라는 공포.

당신의 작품에서 숱하게 볼 수 있는 '반복의 동작들'도 제겐 두려움의 대상입니다. 한 행동을 한 번만 한다면 그건 그다지 공포스럽지 않아요. 문제는 반복입니다. 우매한 실수의 반복, 만남과 이별의 반복, 봄여름가을겨울의 반복, 아침점심저녁의 반복, 도레미파솔라시도의 반복, 우로보로스처럼 자기 꼬리를 물고 있는, 월화수목금토일의 반복, 팽그르르 돌아가는 팽이들, 나선형의 계단에 영원히 갇혀버린 사람들…. "우리는 다시 끝나지 않는 식탁에 앉아 질문으로 가득한 책을 써 내려가야 하겠지"라는 문장을 적었을 때가 꼭 그런 마음이었습니다. 삶이 지속되는 한 언제고 되돌아와야 할 장소로서의 식탁. 그러므로 끝나지 않는 식탁. 이 얼마나 무서운 장소인가요.

궁금합니다. 당신은 그런 식탁 앞에서 어떤 표정을 짓고 있었을지. 당신을 사로잡은 보름달 혹은 태양은 과연 무엇이었을지. 그것이 물의 형태로 제시되어야 했을 이유, 기억의 시작은 어디였을지.

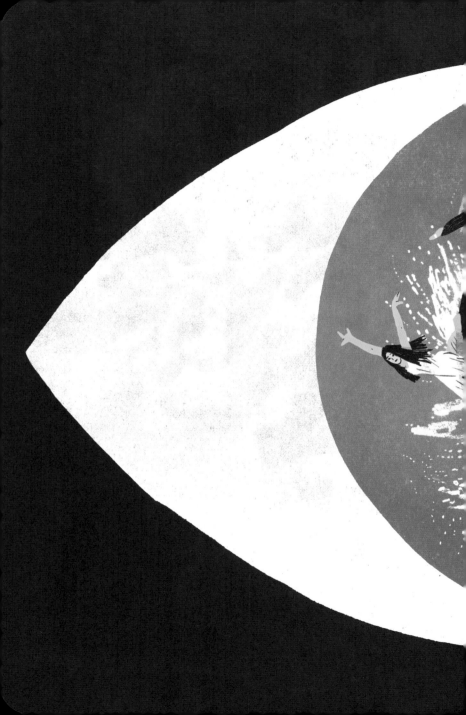

달 달 무슨 달

달 사진을 자주 찍는다. 초승달은 초승달대로, 보름달은 보름달대로, 그믐달은 그믐달대로 신비롭고 예쁘다. 달을 보면 홀린 듯 카메라부터 집어 드는 것은 오랜 습관이지만 달이 카메라에 만족스럽게 담기는 경우는 거의 없다. 밤이라 어둡기도 하고 피사체가 워낙 멀리에 있어서이기도 할 것이다. 하지만 사진에 잘 담기지 않는다고 해서 서운하기만 한 것은 아니다. 지구에서 달까지의 거리는 38만4000킬로미터라고 한다. 그 멀리 있음, 측량할 수는 있어도 다다를 수는 없는 거리가 주는 분명한 위로가 있기 때문이다. 달은 변하면서도 변하지 않는 것의 상징으로서 거기 있다. 언제나 거기 있다.

달은 동서양을 막론하고 무한한 상상의 대상이 되어왔다. 그리스로마신화 속 달의 여신 아르테미스부터 전래동화 속 옥토끼와 계수나무 이야기까지. 동서양의 달에 대한 인식에는 약간의 차이가 있는데 특히 서양에서는 '보름달'이 불길함, 공포의 상징으로 여겨진다고 한다. 보름달이 뜨면 사람이 늑대로 변하는 식의 묘사가 이루어지는 것은 그 때문이라고. 피나의 〈보름달〉도 그런 생각의 연장선상에 있었을까. 피나의 달은 차오르는 달이다. 피나의 달에는 사람의 정신을 고양시키고 움직이게 하는 힘이 있다. 달과 지구의 거리가 가까워질수록 해수면이 상승한다는 건 과학적으로 증명된 사실이다. 피나의 〈보름달〉을 보는 동안에도 내 영혼을 향해 너울성 파도가 끊임없이 밀려오는 듯한, 그래서 영혼의 해수면이 상승하는 듯한 기분이 들었다. 자연스레 달에 대해 쓰고 싶다는 생각을 했던 것 같다.

그런데 달에 대해 쓴다는 것은 무엇을 쓰는 것일까. 저 멀리 달이 있다는 사실로부터 내가 가닿고자 하는 지점은 어디일까. 한동안 그런 생각에 골몰하며 〈내가 달의 아이였을 때〉라는 제목의 연작시를 썼다. 이 세계에 있으면 이 세계가 잘 보이지 않으니까 간이 의자를 들고 지구가 잘 보이는 곳으로, 그러니까 옥토끼가 살고 있는 달까지 계속 걸어가보았던 것이다. '달의 아이'는 이 세상에 태어나기 이전과 이후의 나이자 영원히 살아가는 아이일 거라 생각했다. '달의 아이'의 눈으로 바라본다는 것은 인간 너머에서 인간을 사유하는 일이라 여겼다. 클로즈업해서 바라보는 촘촘한 세계가 아니라 줌아웃 zoom out된 카메라 렌즈를 통해 바라보는 지금 여기 now and here의 풍경. 그곳에서라면 닫힌 세계에 갇혀 있는 인간들이 잘 보일 것 같았다. 인간을 무력하게 하는 삶과 죽음이라는 굴레도, 세계를 이루는 구조적 모순도 한눈에 들어올 것 같았다.

그러나 그것은 시라는 환상 속에서나 가능한 계획일 뿐, 여전히 나는 중력의 노예로 살아가고 있다. 벌써 문데이[*]네, 오늘은 몸과 마음이 모두 다치기 쉬운 날이니 조심해야지. 멀리 있는 달을 이정표 삼아 오늘도 종종걸음으로 걷는다. 인간의 모든 비밀을 다 듣고 지켜보는 달. 그러나 말이 없는 달. 아마도 인간은 영원히 그곳에 가닿을 수 없을 것이다. 그렇기에 '달'에다 모든 상징을 덧씌우고, 손쉽게 슬픔을 투사하고, 사랑하고 미워하고 기대하고 실망하는 일을 반복할 것이다.

문득 생각나는 것이 있다. 중고등학교 시절 서점에 가면 계산대 근처에 '생일북'이라는 것이 진열되어 있었다. 요새는 통 찾아볼 수 없지만 날짜별로 한 권씩 총 365권으로 이루어진 책이었다. 내가 태어난 날짜의 책을 펼치면 그날의 탄생석, 탄생화는 물론 그날 태어났거나 죽은 역사적 인물부터 기억할 만한 사건 등 다채로운 정보들이

---

[*]　아쉬탕가 요가에서는 '문데이'에 수련을 금지한다. '문데이'는 뉴문(지구에서 달이 보이지 않는 상태)과 풀문(지구에서 달이 원형으로 보이는 상태)인 날을 의미하는데, 달의 중력에 지구가 영향을 받듯 70~80퍼센트가 물로 이루어진 인간의 몸도 불안정한 상태가 될 수 있기에 수련을 금지하는 것이라 알려져 있다.

일목요연하게 정리되어 있는 책이었다. 앞장에는 이름을 적을 수 있는 칸도 있어서 친구들의 생일 때 종종 선물하곤 했던 기억. 내가 태어난 달인 9월의 탄생석은 '사파이어'이고 그중에서도 19일에 해당되는 탄생석은 '레줄라이트lazulite'라고 한다. 뜻은 '명상력'. 믿거나 말거나지만 우주가 내게 부여해준(?) 능력이 명상력이라는 것이 어쩐지 의미심장하다. 영혼을 좀 더 돌봐야 한다는 뜻일까. 마음공부가 필요하다는 뜻일까. 이러나저러나 오늘도 달 보러 간다. 달 달 무슨 달? 쟁반같이 예쁜 달.

하마와 함께하는 애도 파티

피나의 무대는 좀 고약한 데가 있다. 내가 무용수였다면 "정말 여기서 춤을 추라는 건가요?" 반문했을 게 틀림없다. 가끔은 춤추기에 어려운 환경을 일부러 조성하는 게 아닌가 싶을 정도인데 딱딱한 의자들이 빽빽하게 놓여 있거나 발목까지 물이 차오른 무대 위에서 춤을 춘다는 건 심리적으로나 육체적으로나 큰 도전일 것이기 때문이다. 부딪쳐 멍들거나 미끄러지기 쉬운, 그야말로 위태로운 지평 위에서 춤을 추라는 요구. 영화 〈피나〉에서 한 무용수는 무대 위 조형물들이 춤추는 우리에겐 장애물과 같았노라고, 그 장애물에 맞서거나 어떻게든 넘어서야 하는 심리적 어려움이 있었노라고 고백하기도 했다. 굳이 이렇게까지 해야 되나 싶은 일을 피나는 했다. 그 쉽지 않음을 통해서 피나가 넘어서고 싶었던 한계가 분명 있었을 것이다. 가로막힌 곳에서 시작한다는 것. 불가능이 출발 지점이 된다는 것. 피나는 확실한 전사다. 요샛말로 하면 걸크러시. 언니 중의 언니.

실험적인 무대에 얽힌 에피소드도 심심치 않게 전해진다. 뉴욕에서의 〈아리앙Arien〉 공연 당시 발목까지 찰랑거리게 무대에 물을 채우기 위해 물탱크 차량을 동원해야 했는데 리허설이 끝나자 무용수들의 몸에 피부발진이 일어났다고 한다. 알고 보니 그 물탱크가 앞서 독성이 있는 화학물질을 운반하고 제대로 세척되지 않았었던 것. 물을 빼내고 다시 새로운 물을 채우느라 관객들은 하염없이 대기해야 했고 비평가들은 오염된 물 운운하며 비아냥거렸다는 이야기를 읽으며[5] 어쩌면 피나는 이유 없는 고집을 부린 것이 아니라 자신의 모든 것을 걸고 도전하고 있었다는 생각이 들었다.

피나의 무대에 등장하는 수많은 동물도 획기적인 도전이자 의문의 대상이었을 것이다. 개, 닭, 노루, 악어, 하마 등등. 거대 모형에서부터 살아 있는 동물에 이르기까지 피나의 동물들은 제각기 무대 위에서 강렬한 존재감을 뿜낸다. 그중 가장 압권이었던 건 〈아리앙〉에 등장하는 실물 크기의 '하마'였다. 하마와 사랑에 빠진 여인의 이야기라니 스토리부터 이미 난해하지만 공연 장면을 찍은 한 장의 사진[6]을 보았을 때의 충격은 더 컸다. 무대 왼편에는 거대한 모형 하마가 엎드려 있고 오른편에는 큰 테이블을 가운데 두고 십여 명의 사람들이 둘러앉아 무섭게 침묵하고 있는 장면. 사진의 제목은 '하마와 함께하는 애도 파티'였다. '애도'와 '파티'의 조합이라니 이미 제목부터 모순적으로 느껴진다. 무대에는 야트막하게 물이 차 있었기에 무대 위의 하마도 사람들도 모두 물그림자를 드리우고 있었는데 그 모습이 데칼코마니 혹은 동전의 앞뒷면처럼 보였다.

아무리 봐도 기이한 장면이었다. 특히 하마 가죽의 축축하면서도 뻣뻣한 촉감이 계속해서 상상됐고(만진 적도 없는데 손끝이 찌릿찌릿했다) 눈을 한 번 끔뻑이는데 마치 한 세기가 걸릴 것 같은, 중력을 거스르지 못하는 육중한 몸과 그 무기력한 얼굴을 하염없이 바라보게 됐다. 오른편의 사람들도 기이하긴 마찬가지였다. 그들은 잘 차려진 음식을 앞에 두고도 웃거나 떠들지 않았다. 여럿이 모여 앉아 있지만 제각기 독방에 수감된 사람들처럼 보였다. 나는 그 장면을 오래도록 바라보았다. 저 기이한 이미지가 파생시키는 감정의 정체가 궁금했다.

아마도 나는 그 장면을 통해 어두운 내 자신을 봤던 것 같다. 내 안에도 저런 하마가 떡하니 자리 잡고 있기 때문이다. 내 삶의 모든 열망을 삼키고 빨아들이는 녀석. 그래서 우산이 있어도 우산을 펴지 못하게 하고, 밤마다 추위 속에서 홀로 떨게 만드는 마음. 누구에게나 물속에서 꺼내지지 않는 발이 있을 것이다. 그것이 하마라면, 아마도 저런 모습이지 않았을까.

무대가 물에 잠기지 않았더라면, 그래서 습하고 냉랭한 기운이 전해져오지 않았더라면 하마는 그저 하마이기만 했을 것이다. 기린이거나 낙타, 혹은 거미여도 상관없다고 생각했을 것이다. 그러나 발목까지 찰랑거리는 물이어서 하마는 비로소 하마가 되고 하마의 너머로 간다. 근사한 파티 테이블을 차려놓고도 각자의 고독 속으로 침잠해가는 사람들 곁에서 시간을 삼키는 괴물이 된다. 우리가 상실한, 영원히 되찾을 수 없는 것들의 서글픈 얼굴이 된다. 피나의 무대가 내게 저지른 일이다.

62

봄의 얼굴을 만질 때

봄을 좋아한다.

이렇게 써놓고 보니 어딘가 이상한 느낌이 든다. 봄을 싫어하는 사람이 있을까 싶어서다. 여름이나 겨울은 그 자체로 혹독한 계절이어서 사람을 쉽게 소진시키지만 봄은 재생의 계절이고 시작의 계절이다. 봄을 넘어선다거나 봄을 이겨낸다는 말은 어쩐지 어색한 데가 있다. 우주의 기운을 머금은 봄의 새싹과 꽃망울들, 온화한 구름들, 생동하는 바람과 너그러운 햇살 앞에선 무장해제가 되어버린다. 뭐가 그렇게 아팠어? 뭐가 그렇게 심각했니? 봄은 다가와 스미는 것, 모든 악몽을 잠재우는 자장가 같다.

예전엔 사계절이 뚜렷한 나라에 사는 게 싫었다. 계절별로 갖춰야 할 옷도 많고 그 탓에 조울이나 다혈질적 성향을 얻게 된 것 같기도 해서. 그런데 요즘은 계절을 감각하는 일이 무척 행복하다. 절기를 가늠하는 재미(절기는 정말이지 정교하고 마법 같다), 시장 좌판에 놓인 제철 과일이며 식재료를 매만지는 재미(그해의 첫 딸기, 첫 귤의 맛은 첫 키스의 추억만큼이나 날카롭다!), 봄이면 봄 핑계로 막걸리를, 여름이면 여름 핑계로 맥주를, 겨울이면 겨울 핑계로 뜨끈한 정종을 마실 수 있는 재미! 이따금 겨울이 없는 나라나 겨울만 있는 나라로 여행을 떠날 때마다 깨닫는다. 계절은 반드시 흐르는 것이어야 한다고. 변하는 것이 있어야 변하지 않는 것들을 가늠할 수 있다. 죽음이 있어야 삶이 존재하는 것처럼.

　　가장 산책하기 좋은 계절을 꼽으라고 해도 봄, 가장 사랑하기 좋은 계절도 봄, 가장 엉뚱해지고 무모해지기 좋은 계절도 역시 봄일 것이다. 산책 애호가인 내게 봄은 '자, 이제 그만 그 동굴 같은 집에서 걸어 나오렴' 속삭이는 초대장 같다. 내 안의 짐승들, 웅크린 채 겨울잠을 자던 녀석들이 모두 깨어나 기지개를 켠다. 지난봄에 했던 가장 무모한 일은 양화대교를 걸어서 건넌 일이었다. 봄밤이었고 바람이 좋았다. '메로나'를 입에 물고 콧노래를 흥얼거리기까지 했다. 물론 그 호기로움 뒤엔 '허허, 양화대교는 생각보다 긴 다리구나. 자전거가 많이 다녀 걷기 좋은 길은 아니구나' 싶었지만.

　　뺨을 간질이는 봄. 어디로든 떠나고 싶게 만드는 봄. 애타도록 마음에 서둘지 말라✦ 속삭이는 봄. 그런 봄은 대체 어디서 어떻게 오는 걸까. 누군가에게 봄은 영원히 오지 않는 것, 오더라도 쉽게 오지는 않는 것, 그러므로 간곡히 두 손을 모으게 되는 모든 이름들일 것이다. 피나가 재해석한 스트라빈스키의 〈봄의 제전Le Sacre du Printemps〉도 봄을 맞이하기 위해 한 여인의 희생을 필요로 하는 이야기였다. 여인의 손에 들린 '붉은 천'은 엄청난 위력을 지녔다. 붉은 천을 든 이는 알 수 없는 두려움과 죄의식에 시달리고 그것을 들고 있다는 이유만으로 무리로부터 소외당한다. 끝내 한 여인이 숨을 거둔다. 그리고 봄은 온다. 그렇게 오는 것이 봄이라는 사실은 나의 탄생이 누구의 죽음 위에 세워진 것인가를 질문하게 한다.

맨발로 흙을 밟고 싶어지는 봄. 흙 속에 묻힌 이들을 생각하는 봄. 봄은 한없이 사랑스럽지만 마냥 사랑스러운 계절은 아니다. 신이 겨울 다음에 봄을 배치한 데에는 그만한 이유가 있을 것이다. 봄은 겨울을 딛고 일어나야만 생겨나는 시간이다. 몸속의 겨울을 밀어내지 못하면 봄이 와도 봄을 맞을 수 없다. 봉인된 마음들은 씨앗과 같아서 아무리 꽁꽁 숨겨두어도 제 힘으로 새싹을 내밀고 잎을 피운다.

✦ 김수영, 〈봄밤〉 부분.

그러므로 봄은 무서운 계절이다. 봄은 숱한 지문으로 가득한 유리창, 그 손의 주인들을 하나하나 가늠해보는 시간. 봄의 얼굴을 쓰다듬을 때면 금방이라도 비가 올 것 같은 하늘이 떠오른다. 봄을 재촉하는 빗방울마다 피가 서려 있을 것만 같다.

세 번째 편지

온몸에 화살이 박힌 것처럼

피나, 제가 사는 이곳에는 봄이 오고 있습니다. 아직 바람이 차지만 그래도 이제는 겨울의 손톱 발톱이 다 빠진 것 같은 기분이 들어요. 24절기 중 첫 절기인 입춘을 지났으니 이젠 정말 봄이 무섭게 밀려오겠죠. 그래서 신이 나기도 하고요.

어제는 친구와 대화를 하다가 너는 정말로 봄이 좋으냐는 질문을 받았어요. 영화 〈피나〉를 함께 보았던 친구였는데 언제나 제 글의 첫 번째 독자가 되어주는 친구거든요. 봄을 싫어하는 사람이 있을까 싶었는데 하긴, 봄을 싫어하는 사람이 왜 없겠어요. 친구가 그러더군요. 이맘때 겨울에서 봄이 되려고 혹 따뜻해지는 날이 있는데 자기는 그렇게 따뜻하게 햇빛 비치는 날이 너무 무섭다고요. 그 말을 듣는데 그렇지 봄은 무서운 계절이지 싶었습니다. 햇빛이 무섭다는 말이 조금 이상하게 들릴 수도 있지만 저는 단박에 이해했어요. 순간 머릿속에 봄의 손톱 발톱이 날카롭게 돋아나는 장면이 상상됐거든요. 처음엔 그렇게 거대한 줄 몰랐는데 몸을 일으키고 보니 우리 몸의 몇백 배는 족히 될 만큼 거대한 형상이 눈앞에 자리해 있을 때의 충격 같은. 영화를 너무 많이 본 걸까요. 그래도 봄이 무시무시한 '괴력'을 지녔다는 것만은 부인할 수 없는 사실일 거예요. 그토록 꽁꽁 언 땅을 연두로 초록으로 뒤덮는 속도를 떠올리면.

봄의 정령이 있다면 어떤 모습을 하고 있을까요. 어쩌면 제 몹쓸 상상과는 달리 팅커벨처럼 아주 작을지도 모르겠어요. 마법의 지팡이를 들고 '윙가르디움 레비오우사'(아는 주문이 이것밖에는 없어서…) 같은 주문을 외면 온 세상에 봄의 기운이 가득 차오르면서 모든 죽은 것들이 살아나기 시작하는 거죠. 얼음으로 뒤덮였던 세상이 녹고 꽃들은 폭발적으로 피어나고요. 물론 그런 상상은 동화 속에서나 가능한 것이겠지만 당신의 작품 〈봄의 제전〉을 보면서 느꼈던 생명력과 에너지도 그에 못지않게 대단했어요. 실제 흙이 깔려 있는 무대 위에서 서른 명 남짓한 무용수들이 추는 칼 같은 군무를 보면서 제 목과 어깨에 어쩌나 힘이 들어가던지. 긴장감이 상당했다는 뜻이겠죠. 고조되는 음악도 한몫했고요.

많은 이들이 당신의 〈봄의 제전〉에 찬사를 보냈습니다. 워낙 오랜 전통이 있고 선례가 많은 작품이라 시도 자체가 부담일 수 있었을 텐데 기존의 해석을 답습하지 않는 '피나표' 〈봄의 제전〉을 멋지게 선보였으니까요. 그런 평가들도 물론 중요하겠지만 제가 이 작품에 매혹됐던 건 조금 다른 부분 때문이었어요. 무용수들이 피부색과 비슷한 얇고 하늘하늘한 옷을 입고 있는데 워낙 거친 군무가 계속되다 보니 옷이 쉽게 더럽혀지더라고요. 그 흙 묻어 더럽혀진 옷. 그 더럽혀진 옷이 저를 사로잡았어요. 그리고 숨소리요. 격렬한 동작을 반복하는 데서 발생하는 거친 숨소리. 그 한 명 한 명의 숨소리가 어쩌나 크게 들려오던지 금방이라도 열기 가득한 화면 속으로 빨려 들어갈 것 같았죠.

한 사람 한 사람이 화살처럼 느껴졌어요. 자신도 모르는 사이 뾰족한 화살이 되어, 거센 물살에 휩쓸리듯이 그들을 가둔 시간 밖으로 나가기 위해 출구를 찾는 것 같았어요. 갈수록 시간의 벼랑 끝으로 내몰리는데 어디에도 끝은 보이지 않고 누군가 한 명은 죽어야 열리는 문이라는 듯(그러나 부디 나는 아니기를 바라는 마음으로) 서로의 얼굴에서 악마를 보는 거예요. 죽음이자 희생 제물의 상징인 '붉은 천'이 이 사람 저 사람에게 전해질 때 화면에 클로즈업된 무용수들의 얼굴은 온통 겁에 질려 있었죠. 그 더러운 옷과 거친 숨소리, 공포에 사로잡힌 눈빛이 수없이 저를 찔렀어요. 온몸에 화살이 박힌 것처럼.

좋은 작품은 관객의 시간을 뺏는 작품이 아니라 관객에게 시간을 주는 작품이어야 한다고 생각해왔어요. 행복했던 과거의 한때로 되돌아가게 만드는 것이든 아직 오지 않은 미래를 앞당겨 살게 하는 것이든 공연이 끝난 뒤에도 여전히 객석에 남아 불 꺼진 무대를 바라보게 하는 힘, 그것이 있어야 한다고요. 〈봄의 제전〉이 제게 남긴 것은 그러한 시간이었습니다. 죽음과 희생 없이는 왜 어떤 봄도, 탄생도 이루어질 수 없는 것인지를 질문하는 시간.

그리고 저의 어떤 시들은 바로 그곳에서 태어나고 있었습니다.

동률

한동안 잠드는 일을 무서워했다. 요즘이야 피곤에 지쳐 금방 곯아떨어지기 일쑤지만 그때의 내게 매일 밤 반복되는 잠은 영원한 잠인 죽음을 향해 가는 열차 같았다. 한번 오르면 다시는 내릴 수 없을지도 모른다는 불안감에 끔뻑끔뻑 천장만 바라보던 날들. 그런 건 어린아이나 하는 생각이라고 스스로를 다독이면서도 번번이 쉽게 잠들지 못했던 건 내게 주어진 아침들을 결코 당연하게 받아들일 수 없었기 때문이다.

그때의 마음을 적은 것이 〈동률〉이라는 시다. 시의 처음은 이렇게 시작된다. "눈을 떴다 오늘도 살아남았다/아침이다". 시의 화자가 읊조리는 "아침이다"라는 말속에는 '아침은 정말 신비로운 시간이야' '또 하루가 주어졌으니 감사해야지' 같은 상쾌한 마음보다는 하루 더 살아남았다는 자각과 고독이 앞서 있다. 아침이 저절로 오지 않는

다는 생각은 피나의 작품 〈봄의 제전〉이 내게 남긴 질문이기도 했다. 그 질문을 숙제처럼 옆에 두고 다음 구절을 적었다. "커튼을 열면/소리 없이 떠내려가는 사람들/아침은 왜 매번 죽음을 동반하고 오는 걸까".

새벽녘 잠에서 깨어 커튼을 열었을 때 사람들은 어떤 풍경을 마주하게 될까. 아마도 밤의 피로가 완전히 걷히지 않은 스산하고 적막한 거리를 떠올릴 것이다. 하지만 내가 바라본 창문에서 꿈처럼 상연되는 장면은 이런 것이었다. 거리는 온통 물속에 잠겨 있고 저 멀리 물살에 휩쓸려 사람들이 떠내려가는 장면. 그건 적어도 오늘의 나는 저 물살에 휩쓸리지 않고 살아남았다는 뜻이고, 나의 아침이 저 소리 없는 죽음들 위에 세워진 것임을 확인하는 시간이기도 했다.

그러니까 살아 있다는 건 어떤 형태로든 죄책감을 끌어안고 사는 일이라는 생각이 그 무렵의 나를 자주 찾아왔다. 대체 뭐가 그렇게 무섭고 힘든 거냐고 질문할지도 모르겠다. 시를 쓰는 일이 생각 속에 깊이 잠겨 있는 일이기는 하지만 답답한 동물 탈을 쓴 것처럼 혼자 무거울 필요는 없지 않으냐고 걱정하는 이들도 있었다. 그러나 〈봄의 제전〉을 통해 피나가 보여주었던 얼굴로부터 쉽게 도망치고 싶지는 않았다. 봄이 오기 위해 죽임당해야만 했던 여인, 거울을 볼 때마다 그 얼굴이 겹쳐 보였다.

74

　질문하는 자에게 세상은 결코 단순해지지 않는다. 나는 나를 이루는 것들을 천천히 돌아보았다. 그것들은 대부분 "낡은 나사"와 "삐걱거리는 의자"처럼 흔하고 쓸모없는 것들이었다. '아름답고 쓸모없는 것'도 아니고 그저 '쓸모없는 것'들로만 이루어진 삶이라니, 불행하다면 불행한 일이다. 그러나 한편으론 이런 생각도 들었다. 창밖의 나무가 "새벽과 절벽"이라는 두 개의 가능성을 끌어안고 있는 것처럼 "내일 내가 살아남을 확률"도 50 대 50, 즉 동률 아닌가. 그러니 아직은 모르는 일이라는 생각이 들었다. 이 같은 삶의 지평 위에서 이제 나는 어떤 삶 혹은 죽음을 꿈꿀 수 있을까. "낡은 나사"는 어떤 "새로운 회전"을 할 수 있을까.

　시는 여기서 멈추었지만 나의 삶은 멈추지 않고 계속되고 있다. 나는 여전히 "낡은 나사의 새로운 회전"을 고민하며 살아간다. 시간의 힘을 믿는 것, 해결되지 않는 일들을 해결되지 않은 채로 남겨두는 것, 급류를 두려워하지 않는 서퍼가 되는 것 등이 지금의 내가 떠올릴 수 있는 최선의 선택지다. 잠에서 깨어 커튼을 열면 이제는 자기 몫의 고독을 견디는 가로등과 쓰레기봉투가 먼저 눈에 들어오는 것도 변화라면 변화일 것이고.

　그래도 여전히 내일 내가 살아남을 확률은 동률이다. 아침은 저절로 오지 않는다. 쉴 새 없이 변하는 것들 속에서 끝내 변하지 않는

뭔가가 있다는 것. 그곳이 우리의 영원한 출발선이라는 것. 그 사실
은 때로 우리를 살아가게 하는 힘이 된다.

동 률

눈을 떴다 오늘도 살아남았다
아침이다

커튼을 열면
소리 없이 떠내려가는 사람들
아침은 왜 매번 죽음을 동반하고 오는 걸까

방 안으로 매서운 북풍이 몰아친다
손 안에는 낡은 나사뿐인데
여기서 더 무엇을 할 수 있겠어?
이미 전부를 잃었는데 하나를 더 잃어야 하는 삶이라면

낡은 나사만으로는 다른 계절을 꿈꿀 수 없다
거울 속에는 더는 꺼낼 얼굴이 없다

나의 달력, 나의 엔딩
삐걱거리는 의자에 앉아 생각한다
이대로라면 진 것도 이긴 것도 아니다

창밖에는 새벽과 절벽을 동시에 끌어안은 나무가 있다

바라본다, 내일 내가 살아남을 확률
주먹 쥔 손을 펴면 꼭 그만큼의 불안이 사라진다
지금은 낡은 나사가 새로운 회전✦을 시작할 때

✦ 사뮈엘 베케트

78

너무 많지만 언제나 부족한 이야기

독일의 시인 릴케는《젊은 시인에게 보내는 편지》에서 시인이 되고자 하는 청년 카푸스에게 조언한다. 시를 쓰려거든 '사랑 시'처럼 흔하고 평범한 주제는 일단 피하는 것이 좋다고 말이다. 왜냐하면 옛날부터 축적되어온 훌륭한 작품이 너무나 많은 곳에서 자신의 개성을 드러낸다는 건 무척 어려운 일이기 때문이다. 모두 다 맞는 이야기여서 고개를 끄덕이게 된다. 사랑에 대해 쓰려고 할 때마다 내 언어의 빈곤함만을 재차 확인하고 마니까.

그럼에도 우리는 사랑에 대해 이야기하고 싶어 한다. 사랑을 정의하고, 사랑의 색과 모양을 가늠하고, 사랑이 떠난 후의 자리를 들여다보고 싶어 한다. 우리가 사랑에 대해 말하려는 이유는 그 어떤 사랑도 보편적일 수 없기 때문이다. 모든 사랑은 고유한 것이다. 내가 경험한 사랑은 오직 나만이 쓸 수 있다. 게다가 사랑은 박제될 수 없는 생물이어서 시간이 흐르면 다른 온도와 표정으로 변해 있다. 시간의 공격으로부터 사랑을 잘 지켜내야 할 의무가 우리에겐 있다.

그러므로 사랑에 대한 이야기는 너무 많지만 언제나 부족하다. 사랑은 피나 춤의 핵심적인 주제이기도 했다. 피나의 대표작으로 손꼽히는 〈카페 뮐러〉나 〈콘탁트호프Kontakthof〉도 인상적이었지만 내게 가장 아름답게 다가온 사랑의 장면은 영화 〈피나〉 중 '글라스 하우스'에서 촬영된 연인의 춤이었다. 사면은 물론 지붕까지 통유리로 이루어진 '글라스 하우스' 안으로 한 쌍의 연인이 걸어 들어온다. 이윽고 그녀는 그를 향해 쓰러진다. 그는 그녀를 받아 안는다. 이 동작은 무한히 반복된다. 그녀는 아무런 안전장치 없이 오직 그를 향한 믿음만으로 쓰러짐을 반복하는데(정확히 45도 각도로 위태롭게 쓰러진다) 그건 마치 '당신에게 내 전부를 걸겠어요'라는 속삭임이자 간청 같다. 창밖에는 푸르른 나무들이 넘실거리고 통유리 안으로 스며드는 빛은 대체로 따뜻하지만 그 위태로운 쓰러짐을 계속 지켜보고 있노라면 어느덧 등 뒤로 바짝 다가온 공포에게 목을 졸리는 기분이다. 저 빛이 언제 톱날로 변해 저들을 갈라놓을지 몰라 조마조마해진다.

어느 한 명이 균형을 잃는 순간 이 춤은 끝날 것이다. 여인은 바닥에 내동댕이쳐질 것이고 슬픔은 배고픈 악어 떼처럼 여인을 사정

없이 물어뜯기 시작할 것이다. 사랑의 꼭짓점 위에서 춤추는 연인들, 가장 찬란한 행복의 순간에도 허물어짐과 어둠, 멍든 몸을 상상하는 일은 나의 오랜 버릇이지만 피나 역시 다르지 않았으리라 생각한다. 피나가 사랑에 대해 말하려 할 때, 아마도 그녀의 작업 노트에는 이런 문장이 쓰여 있지 않았을까. '깨진 유리 조각 위에서 춤추는 연인들' '사랑이 끝나고 나는 구멍이 되었어요.'

춤의 언어를 빌리지 않아도 이미 사랑은 두 사람이 추는 춤이다. 내가 그쪽으로 쓰러질 테니 부디 받아 안아달라는 요구. 나 역시도 그런 사랑을 갈망해왔다. 그래서 자주 어긋났고 홀로 남겨졌으며 모니카 마론의 소설 《슬픈 짐승》에서처럼 포효하는 짐승의 얼굴을 하기도 했다(이 소설을 잊지 못하는 건 나의 소설가 친구가 이 책을 읽자마자 네가 생각났다고 했던 말 때문이다). 그 시간을 힘겹게 지나온 뒤에야 나는 언제나 쓰러지는 쪽이었지 한 번도 누군가를 받아 안아주는 쪽이 아니었음을 깨달았다. 그리고 나는 또 하나의 사랑 이야기를 알게 되었다. 권여선의 단편 〈봄밤〉에 등장하는 수환과 영경을 만난 것이다. 수환은 술에 취한 영경을 매번 업어주는 사람이고, 그것이 그녀의 마지막임을 알면서도 기어이 영경을 보내주는 사람이다(수환은 술을 먹기 위해 요양원을 나서는 영경을 배웅한다. 알코올 중독자인 영경은 그날 이후 영영 돌아오지 못한다). 쓰러지는 영경을 받아 안아주는 자로서의 수환은 "물을 마시지만 물을 침범

하지 않는 사랑"[7]을 아는 사람이다. 나는 이 소설을 오랜 시간 곁에 두었다. 너무나 많은 사랑 이야기 안에서 사랑을 발견한 순간이었기 때문에.

당신에게도 무수히 많은 사랑 이야기가 있을 것이다. 그럼에도 언제나 부족한 사랑이 있을 것이다. 그것이 사랑에 대한 이야기가 계속 쓰일 수밖에 없는 이유다. 사랑은 우리의 영원한 주제다. 인간이 있는 한.

이해의 영역

요즘 나의 가장 큰 고민은 뭘 해도 무겁고 진지해진다는 것이다. 가벼워져야지 단순해져야지 하루에도 몇 번씩 다짐하지만 막상 쓰인 글들을 들여다보면 인류의 미래가 내 펜에 달린 것처럼 심각하기 그지없다. 이 무거움에 대한 반작용일지 부작용일지 가끔은 글로 사람들을 웃기고 싶다는 마음까지 든다. 생긴 대로 살아야지 별수 있나 싶다가도 남몰래 이런 기도를 하기도 한다. '다시 태어나면 개그우먼으로 살게 해주세요!'

마음이 이렇게까지 흘러온 데에는 태생적인 성격의 영향이 크다. 워낙에 대충이 안 되는 데다 고집까지 센 인간이라(첩첩산중 진퇴양난이다) 스스로를 벼랑 위에 세우지 않고는 못 견디는 성미이기 때문이다. 이런 나를 사랑하기란 쉽지 않다. 나라는 사람은 언제나 내 이해의 영역을 벗어나 있고 나로부터 자주 소외된다.

피나 역시 스스로에게 엄격한 사람이었던 것 같다. 몇몇 일화들이 떠오른다. 사진가 윌 맥브라이드가 사진촬영을 위해 피나의 연습실을 찾아왔을 때 무용수들의 손과 발, 소도구와 신발 등을 스케치한 것을 보고 불같이 화를 냈다는 이야기. 자신이 안무하는 것은 '사람'이지 손이나 발, 신발이나 소도구처럼 조각난 '부분'이 아니라는 이유에서였다. 문화적, 종교적 차이로 인해(특히 인도에서) 공연을 중단시켜야 했던 상황이나, 약속된 공연 시간을 지나서까지 안무 수정을 계속하느라 관객들을 문 앞에 삼십 분 넘게 세워둔 일화[8] 등은 피나의 성격과 고집을 짐작하게 하는 장면들이다. 피나의 예술은 그 자체로 너무 혁신적이어서 이해의 영역을 쉽게 벗어났을 것이다. 피나는 고독하지 않았을까. 자신의 예술에 쏟아지는 공격을 삶 자체에 대한 공격으로 받아들이는 순간은 없었을까. 그녀를 향한 이해와 몰이해 사이에서 그녀가 어떤 표정을 짓고 있었을지 궁금하다.

그러고 보니 '이해'라는 말 자체를 다시금 돌아보게 된다. 최근 마주한 몇몇 풍경이 떠오른다. 하루는 텔레비전 맛집 소개 코너에 어느 육회비빔밥 집이 소개되고 있었다. 갓 도축한 고기에서 모락모락 김이 나는 장면을 보여주면서 우리는 이렇게 신선한 고기를 씁니다, 그러니 당연히 맛이 좋을 수밖에 없지요, 하는 멘트가 이어졌다. 갈고리에 걸린 검붉은 덩어리에선 정말로 김이 나고 있었다. 한겨울에 사람 입에서 나는 입김처럼 선명했다. 갓 도축한 고기는 사람의 체온과 비슷해서 이렇게 김이 나는 거라고 자랑처럼 내뱉는 말 뒤로 고깃 덩어리가 클로즈업됐다. 순간 무서운 마음이 들었다. 저 장면을 어떻 게 이해해야 하는 것일까.

자연스레 이런 장면들도 겹쳐졌다. 대학에 다닐 때 특정 계절만 되면 도서관 근처에서 심한 악취가 나곤 했다. 조경 과정에서 나뭇가 지를 잘라낼 때 잘린 부분에서 끈끈한 액체가 흘러나오는데 그 냄새 가 그렇게 고약하다는 것이다. 그 사실을 알고부터는 그 시간이 다르 게 보였다. 나무가 아팠구나, 냄새로 말하고 있었구나 싶어서. 일본의 한 연안에서 발견된 돌고래의 떼죽음이나 매서운 겨울 들판에 홀로 피어 있는 꽃 한 송이에 대해서도 우리는 같은 질문을 건넬 수 있을 것이다. 저 장면을 어떻게 받아들여야 할까. 우리가 무언가를 이해한 다는 건 가능한 일일까.

세상은 내게 불가해한 장면들을 쉴 새 없이 보여준다. 나는 불성 실한 관객처럼 이편에 앉아 저편의 나와 나를 둘러싼 세계를 바라본 다. 영원히 지연되는 기차를 기다리는 마음으로. 오해로 가득한 문장 을 진실인 양 적어보기도 하면서.

목적어 찾기

그거 있잖아. 그거 뭐지? 그것 좀 가져다줘.

요즘 내가 가장 많이 하는 말은 '그것'인 것 같다. 예전엔 코미디 프로에서 '갸가 갸가?' '거시기를 거시기해라' 같은 사투리가 나올 때 깔깔대며 웃곤 했는데 요즘은 사소한 유머도 다큐로 받는 순간 이 잦다. 순간순간 단어가, 그중에서도 고유명사가 잘 생각나지 않고 머릿속이 도화지처럼 금세 새하얘지는 것이다. 얼마 전에도 라디오 방송에 나가서(그것도 무려 생방이었는데) "그게 뭐죠? 그거 있잖아 요"라는 말을 해버렸다. '그것'이 생각나지 않으면 그것을 설명하거나 연상시키는 다른 단어라도 잽싸게 말했어야 하는데 이미 당황해버린 뒤라 계속 어버버버 하고 말았다(생각나지 않았던 단어는 '텀블벅'이 었다). 오디오가 비었던 그 몇 초가 얼마나 아찔했던지. 방송을 마치 고 너무 죄송한 마음에 "피디님, 전 왜 이렇게 바보 같을까요?" 하고

89

머쓱한 마음을 내비치자 돌아오는 대답이 압권이었다. "시인님 머리
에 단어가 너무 많아서 그래요."

　책을 많이 읽으면 그만큼 단어가 쌓이니 더 고급스러운 어휘를
구사하게 될 줄 알았는데 천장까지 짐이 쌓인 지하실처럼 머릿속이
어수선하기만 하다. 필요할 때 단어 하나를 꺼내려 해도 어디다 뒀는
지 몰라 온 짐을 다 뒤져야 하는 형국이다. 가만 생각해보면 내가 영
어를 못하는 이유도(핑계도 참 가지가지다) 목적어를 잘 못 찾기 때
문이라는 생각이 든다. 주어나 서술어는 쉽게 말할 수 있지만 목적어
는 참으로 까다롭다. 나는 사랑해. 누구를? 나는 하고 싶어. 무엇을?
나는 가고 싶은데. 그러니까 대체 어디로 왜?

　학창시절에 영어 문법을 공부할 때도 목적어를 찾는 일만큼 헷
갈리는 일이 없었다. 어떤 동사는 '-ing 동명사'를 목적어로 취하지만
어떤 동사는 'to 부정사'를 목적어로 취한다. 각각의 경우에 맞는 동
사를 열심히 암기하면 문제의 정답은 웬만큼 찾을 수 있었지만 이런
문법이 삶에도 적용될 리는 없다. 영어 문제를 잘 푼다 해서 삶의 영
역에서도 목적어를 잘 찾아내리라는 보장은 없으니까. 요즘 내가 자
꾸 길을 잃은 것처럼 느껴지는 건 주어와 서술어만 있을 뿐 목적어가
없는 삶을 살고 있기 때문이라는 생각도 든다. 나는 정말로 하고 싶
고 가고 싶다. 그런데 대체 무엇을 하고 싶은지, 어디로 가고 싶은지

90

를 묻는다면 그러게요, 머리를 긁적이며 딴청을 피우게 된다. 비단 지금 하고 싶거나 가고 싶은 것에만 국한된 문제가 아니다. 인간은 누구나 '산다'라는 동사의 목적어를 찾기 위해 평생을 보내는 존재들이니까. 피나 역시 인간이 어떻게 움직이는가보다 무엇이 인간을 움직이는가에 더 흥미를 느끼는 사람이었다고 한다. 나 역시도 그것이 궁금하다. 만나는 사람마다 붙들고 물어보고 싶다. 왜 사세요? 삶의 목적어가 뭐라고 생각하세요? 웃으면서 그런 질문을 건넸다간 등짝 스매싱을 당할까 봐 아직까지는 잘 참고 있지만.

《세상 끝에 있는 너에게》라는 동화가 떠오른다. 곰에게는 '나의 새'라고 불리는 사랑의 대상이 있다. 그들은 지난여름을 함께 보내며 더할 나위 없이 행복했지만 겨울이 오기 전 새가 따뜻한 남쪽 섬으로 떠나면서 아쉬운 작별을 해야 했다. 새가 그리운 곰은 '세상 끝'에 있는 새를 찾아가기로 결심한다. 우여곡절 끝에 곰은 세상 끝에 다다르지만 둘은 만나지 못한다. 곰을 그리워하던 새 역시 세상 끝에 있는 곰을 만나러 길을 떠났던 것이다. 새 친구들은 곰을 위해 서둘러 큰 둥지를 만든다. 곰은 새들의 도움으로 둥지에 실려 날아왔고 두 사람은 아름다운 재회를 한다(새와 곰의 애틋한 포옹 장면에서 동화는 끝이 난다).

이 아름다운 이야기를 곁에 두고 혼자 엉뚱한 상상을 했다. 곰이 다시 새에게로 돌아갔을 때 새 역시 곰 친구들의 도움으로 길을 나서는 바람에 또다시 길이 엇갈리는 상상. 돌아가면 없고 돌아가면 없고 계속해서 어긋나는 사랑만이 있는. 그러나 그 어긋남이 어쩌나 아름다운지 결코 비극으로 느껴지지 않는 이야기. 곰은 새에게 새는 곰에게 사랑의 '목적어'임이 분명하지만 계속되는 엇갈림 속에서 급기야는 새가 정말 있었나 곰이 정말 있었나 혼란스러워지는. 그래서 그 목적어들의 장소를 '세상 끝'이라고 부를 수밖에 없었다는 이야기.

'산다' '사랑한다' '지킨다' '기억한다'… 이 수많은 동사들의 목적어도 '세상 끝'에나 존재하는 것이 아닐까. 그러니 찾지 못한 채 끝나더라도 비극은 아니었으면 좋겠다. 그 목적어 역시 나를 찾아 길을 떠난 것일지도 모르니까.

네 번째 편지

달콤 쌉싸름한 나의 도시

피나, 네 번째 편지를 씁니다.

한동안 말의 고갈 상태가 계속됐어요. 제 안에 더는 이야기가 없다는 생각이 들었거든요. 나는 이야기를 하는 사람인데, 그것도 '잘'해야 하는 사람인데, 다락방 안에 고이 간직해왔던 물건들을 하나하나 꺼내 보여주다가 이제 더는 아무것도 남아 있지 않자 모두들 집으로 돌아가버린 것 같았어요. 혼자 텅 빈 다락에 웅크려 앉아 여기가 어디지 어쩌다 이렇게 되었을까 울먹이며 가라앉는 아이처럼. 몸속에 밤의 기운이 가득했죠.

예술가는 앞만 보고 걸어야 하는 사람들이잖아요. 과거의 내가 어떤 작품을 썼고 어떤 평가를 받았든 그건 말 그대로 과거일 뿐이니까. 중요한 건 그다음이라고, 그다음이 없으면 나도 없는 거라고 스스로를 채찍질하는데도 자꾸만 겁이 나요. 시인이란 시를 쓰는 동안에만 잠깐잠깐 나타나는 '상태'일 뿐인데 말이에요. 당신은 꽤 다작을 하는 사람이었고 그 숱한 작품을 통과하는 과정에서 당연히 심리적 육체적 파고가 있었을 텐데 그 순간들을 어떻게 이겨냈을지 궁금해요. 대중에게 환영받는 작품과 누가 뭐래도 당신이 애착을 갖는 작품, 아픈 손가락 같아서 버릴 수 없는 작품도 다 달랐을 것 같고요.

요즘 제게 가장 위안이 되는 건 고개만 들면 보이는 비행기예요. 제가 사는 동네는 공항과 가까워서 이륙하거나 착륙 중인 비행기를 쉽게 볼 수 있거든요. 이곳에 산 지도 어언 두 해가 다 되어가는데 처음 이곳으로 이사할 땐 공항 가까운 데 살아서 시끄럽지 않겠냐는 주변의 우려가 있었거든요? 그런데 살다 보니 전혀 그렇지 않고 오히려 너무 좋기만 해요. 비행기를 볼 때마다 '저 안에선 이 도시가 손바닥만 하게 보이겠지? 거리도, 사람들도 너무 작아서 장난감 같겠지?' 자연스레 그런 생각들을 하게 되는데 그러다 보면 하루의 피로가 조금은 누그러지거든요. 그게 뭐든 멀리서 조망하다 보면 거짓말처럼 사소해질 때가 있잖아요. 다 작디작은 인간이니까. 심지어는 비행기 티켓을 검색하는 횟수도 현저히 줄어들었어요. 툭하면 여행 갈 궁리만 하는 사람이었는데 말이에요. 몸은 여기 있어도 마음은 저 멀리 실어 보내면 되니까. 그럴 땐 제게서 오래 걷다 온 사람의 몸에 밴 바람 냄새가 맡아지는 것 같기도 해요.

매일 떠났다 돌아오는 집. 나의 생활 반경과 나를 둘러싼 도시의 원주율. 최근 들어 그런 것들을 자주 생각해요. 나라는 사람의 세계가 너무 좁고 답답하게 여겨질 때가 많아요. 그간 '생활'이라는 단어를 무수히 많이 읽고 써왔지만 생활은 결코 책상에서, 책으로 배울 수 있는 것이 아니라는 걸 점점 더 실감하고 있어요. 온 사방에 집이 있고 사람이 있는데 이 넓은 서울 하늘 아래 혼자인 것만 같은 기분이 들 때. 왜 나의 도시는 이렇게 화려하고 고독한가. 왜 삶은 자꾸만 엄중해지기를 요청하는가. 깊은 밤, 골목 어귀에 덩그러니 놓인 빈 맥주 캔을 바라보면서 저건 누구의 마음일까 사진을 찍어둡니다. 그 마음을 오래 들여다보려고.

부퍼탈Wuppertal은 어떤 곳이었나요. 실은 궁금해서 검색을 해본 적이 있어요. 쾰른이나 뒤셀도르프에서 가까우니까 일단 프랑크푸르트로 가는 비행기를 타고, 거기서 다시 기차를 타면…. 갈 것도 아니면서 가는 방법부터 찾는 제가 우스워 피식 웃고 말았네요. 영화 〈피나〉에서도 소개된 적 있는 공중에 매달린 트램 슈베베반Schwebebahn이 부퍼탈의 명물이라고 하던데요. 사진을 보니 어릴 적 놀이공원에서 열기구나 모노레일 탔던 기억이 떠오르더라고요. 그렇게 천장에 매달려 지상을 내려다보면 꿈과 희망의 나라가 한눈에 들어오곤 했어요. 화려한 색으로 뒤덮인 건물들, 바쁘게 돌아가는 시계들, 손톱만 한 사람들과 그들 손에 들린 색색의 풍선들…. 슈베베반에서 내려다본 부퍼탈도 그런 모습이었을까요. 어쩐지 저는 그 거리감이 당신에게 어떤 여유를, 계속해서 살아갈 동력을, 심리적 거리를 부여해주었을 것만 같아요. 마치 제가 매일 오가는 비행기에 비밀스레 마음을 실어 보냈던 것처럼.

조만간 동네 뒷산에 올라 나의 도시를 골똘히 들여다봐야겠습니다. 저 넓고도 좁은 세상에서 내가 지켜내고자 하는 것은 무엇인지. 이토록 달콤 쌉싸름한 도시에서 잠식되거나 마모되지 않을 방법은 무엇일지에 대해.

사소한 사랑의 발견

　텔레비전에서 연일 시끄러운 뉴스들이 쏟아진다. 예전 같으면 혀를 끌끌 차며 참견하기 바빴을 텐데 요즘은 아예 입을 닫고 산다. 마음이 안 좋아서다. 왜 나의 도시는 평안과는 먼 방향으로 흘러가는지, 아무도 해치지 않고 누구도 다치지 않는 하루란 존재할 수 없는 것인지 아프게 질문하게 된다. 나를 둘러싼 세계를 환상 없이 바라보는 건 참으로 지난한 일이라는 생각과 함께.

　어제는 친구와 이야기를 하다가 "피나가 우리나라에 살았으면 어땠을까?"라는 질문을 하게 됐다. 친구가 한 질문의 저의는 '아마도 우리나라였으면 그렇게 아름다운 무용 창작은 불가능했으리라'는 뜻이었다. "아마 〈카페 뮐러〉도 연인이 서로를 죽이는 내용으로 바뀌었을지 모른다"는 친구의 말에 그것 참 참신한 결말이라며 한바탕 낄낄거렸지만(그렇게 되면 제목도 '카페 킬러'가 되었겠지), 막상 치정극과

청부살인이 난무하는 스릴러 버전의 〈카페 뮐러〉를 상상하자 괴로운 마음이 들었다. 〈카페 뮐러〉는 지금 이대로 고독하고 슬프고 아름다운 이야기여야 했다. 아름다움을 아름다움에게서 빼앗기는 순간이 진짜 '종말' 아닐까. 그렇다고 해서 무균실 같은 예술을 꿈꾸는 것은 아니지만 말이다.

문득 베르톨트 브레히트Bertolt Brecht의 시 〈서정시를 쓰기 힘든 시대〉도 머리를 스친다. 내겐 이 시가 수록된 시집에 대한 애틋한 기억이 하나 있다. 혼자 하는 여행을 즐기던 시절, 중국 윈난성으로 약 한 달간 배낭여행을 떠났던 적이 있다. 쿤밍, 따리, 리장을 지나 차마고도의 시작점으로 손꼽히는 아름다운 마을 샹그릴라까지 향하는 여정이었다. 샹그릴라는 잘 알려져 있듯 제임스 힐턴James Hilton의 소설 《잃어버린 지평선》에 나오는 숨겨진 낙원이기도 하다. 앞서 여행한 모든 곳이 너무너무 좋았음에도 아직 좋아하긴 이르다고 스스로를 진정시켰던 건 '낙원'이 남아 있기 때문이었다. 그런데 이게 뭐람. 막상 도착한 샹그릴라의 거리는 녹지 않은 눈으로 뒤덮여 있었고 사진에서 본 드넓은 초원과 풀 뜯는 말은 어디서도 찾아볼 수 없었다. 게스트하우스에 있는 손님도 나뿐이었다. 여행을 했던 시기가 비수기라는 건 알고 있었지만 그래도 이 정도일 줄은 몰랐다. 불행 중 다행인 것은 숙소 서재에 한국어로 된 시집이 한 권 있었다는 사실이다. 나는 친절한 호스트가 가져다준 전기장판 위에서 샛노란 브레히트의 시집 《살아남은 자의 슬픔》을 읽기 시작했…으나 금세 스르륵 잠이 들고 말았다. 달고 깊은 낮잠이었다.

깨어나 보니 이미 해가 뉘엿뉘엿 지고 있었다. 해발고도가 높아 계단이나 언덕을 조금만 올라도 현기증이 났지만 동네 산책을 미룰 수는 없었다. 저녁 공기는 차가웠다. 하지만 머릿속의 온갖 상념들을 떨쳐낼 수 있을 만큼 맑았다. 숙소로 돌아와 브레히트의 시집을 다시 꺼내 들었다. 아우슈비츠 이후엔 서정시를 쓸 수 없다는 그의 절망에 비할 바는 못 되겠지만, 낙원이라고 믿었던 곳이 낙원이 아님을 맞닥뜨린 오늘 하루도 절망이 아닌 건 아니었다. 큰 절망과 작은 절망, 그보다 더 작은 절망들로 수없이 배반당하는 것이 삶이라는 것을 모르지 않았는데도 그랬다.

내겐 그곳에서의 시간이 하나의 상징적인 기억으로 남아 있다. 다음 날 아침 호스트가 알려준 언덕에 홀로 앉아 조용한 샹그릴라 마을을 내려다보았다. 조망이 끝내준다고 어디 차 타고 멀리 갈 필요가 없다고 찬사를 아끼지 않았던 바로 그 언덕이었다. 언덕은 황폐했다. 누렇게 변한 풀들만 바람에 맥없이 흔들리는 모습을 바라보며 혼잣말을 했다. 낙원이네, 낙원이야. 그런데 그 풍경을 앞에 두고 내 안에서 어떤 작은 사랑의 씨앗들이 움트는 것 같은 느낌이 들었던 건 착각이었을까.

서정시를 쓰기 힘든 시대일수록 우리에겐 서정시가 필요하다. 사랑에 대해 이야기할 수 없는 시대일수록 더 작은 사랑에 대해 이야기하는 순간이 많아져야 하리라. 큰 믿음으로 할 수 없다면 작은 믿음으로 하면 된다. 작은 믿음으로 할 수 없다면 그보다 더 작고 사소한 믿음으로 하면 된다. 인간에게 필요한 건 단 한 걸음이다. 평생을 애써도 그 한 걸음이 그렇게 어렵다.

104

다섯 번째 편지

작아서 커다란

피나, 오늘도 편지를 씁니다.

저는 요 며칠 '사소하다'라는 단어를 붙들고 있었어요. 지난번 글에서 '큰 믿음으로 안 되면 더 작고 사소한 믿음으로 하면 된다'고 자신 있게 말은 했는데 그 작고 사소한 믿음이라는 게 무엇일까, 나조차도 알지 못하는 말을 함부로 해버린 건 아닐까 생각해보게 되더군요. 그래서 한동안 '사소하다'라는 단어를 만지작거리고 다녔어요. 단어를 구슬처럼 손에 꼭 쥐고 다니며 그 마음을 깊이 헤아려보는 시간이었죠. '사소하다'라는 단어는 어쩌다 '보잘것없이 작거나 적다'는 뜻을 부여받았을까, 흔히 반대말이라고 일컬어지는 '중요하다'처럼 귀중하고 요긴해지고 싶지는 않았을까. '속상하다'라는 단어의 속상한 마음도, '다짐'이나 '진심' '약속' 같은 말들이 감당해야 할, 감당할 수 없는 마음에 대해서 생각해보기도 하고요.

그 시간 내내 도끼를 들고 장작을 패는 기분이었어요. 최대한

정확한 마음에 가닿기 위해 모호하고 커다란 것들을 작게 더 작게 쪼개야만 했거든요. 그러니까 지금의 내 삶을 지탱하는 가장 작고 사소한 믿음의 정체가 궁금했어요. 태어났으니까 사는 것 말고, 주어졌으니까 견디는 것 말고, 오직 나만이 열 수 있는 문을 열고 걸어 나가서 눈앞에 펼쳐져 있는 세계를 생생하게 만나고 싶었죠. 이야기가 다소 거창해지는 것 같지만 사실은 간단한 이야기예요. 큰 믿음은 너무 요원하니까 작은 믿음부터 발견해보자는 것. 내가 행복을 느끼는 아주 사소한 순간들을 우표 모으듯 채집하다 보면 나를 살아가게 하는 커다란 믿음의 정체도 알 수 있겠지 싶은 마음.

그런데 놀랍고 신기한 건 그런 작은 믿음들이 도처에서 저를 기다리고 있었다는 사실이에요. 마치 거기 있음을 발견해주길 바라며 어슬렁거리는 고양이들처럼. 어떤 믿음은 담장 위를 도도하게 걸어가고, 어떤 믿음은 쓰레기봉투를 뒤적이고, 어떤 믿음은 어둑한 골목에서 갑자기 툭 튀어나와 쌩하고 저를 지나쳐가죠. 좀 더 구체적으로 말하면 이런 장면들이에요. 저는 평소에 발이 아주 찬 편이거든요. 몸 구석구석으로 피가 잘 돌지 못해 그런 거라고 해요. 그런데 또 양말을 신는 건 답답해서 한겨울에도 집에선 꼭 맨발을 고집해요. 수면 양말이라도 신으면 좀 나을 텐데 말이에요. 그래서 발이 찰 때마다 남편을 찾아요. 앉아 있는 남편의 엉덩이 아래 두 발을 쏙 집어넣는다든지 남편의 따뜻한 종아리에 찬 발을 가져다 댄다든지. 인간 난로인 남편의 온기를 빼앗아오는 거죠. "으, 차가워!"

번번이 깜짝 놀라면서도 남편은 가만히 있어줘요. 그렇게 잠시나마 살과 살을 맞대고 있으면 발의 온도가 정상적으로 돌아오곤 해요. 그 시간이 요즘의 제겐 가장 사소하고 확실한 믿음의 순간이에요. 멀리 있는 신에게 구하는 막연한 믿음이 아니라 만질 수 있고 느낄 수 있기에 정확한. 그런 믿음은 힘이 있어요. 대단해서가 아니라 아무것도 아닌 장면이기 때문에.

애정하는 카를 크롤로브Karl Krolow의 시집을 읽다가도 그런 믿음을 발견했어요. 부재의 아픔을 노래한 〈연가Liebesgedicht〉라는 시에서 그는 엘제 라스커쉴러Else Lasker Schuler의 문장을 인용합니다. 자신을 가둔 벽을 사랑할 수 있었던 건 벽 위에 소년 시절의 네 얼굴을 그려놓았기 때문이라는 문장을 읽으며 떠나고 없는 것을 견디는 사람의 뒷모습을 떠올렸죠. 그는 어떤 표정을 짓고 있었을까요. 이 기다림은 얼마나 지속될까요. 믿음은 오직 그것을 필요로 하는 인간들의 것이라는 생각을 합니다. 벽에 그려 넣은 얼굴이 있어 그의 기다림은 덜 아프고 덜 외로울 테지요. 진실보다는 거짓이, 실재보다는 환상이 더 커다란 믿음이 되어주는 순간도 있으니까.

당신에게 '춤'은 믿음을 쌓는 행위였을까요, 믿음을 허무는 행위였을까요. 어쩐지 당신은 그 누구보다 춤을 믿는 사람이었을 것 같습니다. 춤을 추는 인간을 믿거나, 춤을 추는 행위를 통해 인간이 인간을 넘어서는 순간을 믿었을 수도 있겠지요. 당신에게는 그런

고민들을 함께 통과해온 좋은 반려자가 있었다고 들었습니다. 무대미술가 롤프 보르칙Rolf Borzik과 작품 전반을 논의하며 예술적 교감을 나누는 당신을 상상해봅니다. "우리 춤출까?" 때로는 로맨틱한 제안에 한 손에 와인 잔을 들고 근사한 음악에 맞춰 왈츠를 추는 두 사람을 떠올려보기도 합니다. 아마도 시간은 느리게 흐르겠지요. 작은 것들은 커다래지고 오래된 밤들은 새로워질 겁니다. 작고 사소한 믿음이 우리를 휘감고 꽁꽁 묶어주는 동안.

혼자 있어도 혼자 있고 싶은 시간

시를 쓰면 뭐가 좋으냐는 질문을 종종 받는다. 그럴 때면 '혼자 할 수 있는 일이라서 좋다'는 답변이 가장 먼저 떠오른다. 반대로 뭐가 가장 힘드냐는 질문이 주어져도 대답은 다르지 않다. 혼자 하는 일이라서 처음부터 끝까지 홀로 책임져야 하는 것이 두려울 때가 많으니까. 간혹 공동 작업을 하는 다른 장르의 예술가들을 만나면 나도 모르게 부러운 마음을 내비칠 때가 있지만 여전히 나는 혼자인 게 좋다. 백지를 앞에 두고 혼자가 될 때. 그때의 '홀로'는 고립도 외로움도 아닌 그 자체로 충만한 고독의 시간이다.

그런데 요즘은 그런 홀로의 시간을 확보하는 것이 무척이나 어렵다. 시만 써서는 살 수 없는 현실 때문이다. 대학, 도서관, 문화센터 등 불러주는 곳이 있으면 어디든 가서 시에 대한 말들을 늘어놓는다. 한번은 한 고등학교 독서캠프에 강사로 초대된 적이 있다. 장장 두 시간에 걸쳐 시는 참 좋은 것이라고, 시는 결코 무용하지 않다고 목이 터져라 떠들었는데 질의응답 시간이 되자 한 남학생이 번쩍 손을 들고 물었다. "시를 써서 얼마를 버시나요?" 당황하면 안 되는데 당황해버렸다. 두 시간 동안 내가 대체 뭘 한 건가 자괴감이 밀려왔다. 앞으로는 정신적인 일의 가치가 향상될 거라고, 인간의 모든 노동이 돈으로만 치환되는 것은 아니라고 정답 같은 이야기만 주저리주저리 늘어놓다가 맥이 탁 풀려 솔직하게 고백해버렸다. "시 써서 돈 못 벌어요. 그래도 저는 제가 하고 싶은 일을 하며 살 수 있어서 좋아요." 하필 그날은 꽃샘추위가 찾아온 날이었고, 오들오들 떨며 오지 않는 버스를 한참 기다렸으며, 기다린 보람도 없이 만원 버스에 실려 덜컹덜컹 집으로 돌아와야 했다. 신발에 밟히고 가방에 치이면서 생각했다. '너 시 쓰는 거 정말 좋은 거 맞니?' 버스에서 내리자마자 곧장 빵집으로 들어가 쟁반 가득 빵을 골랐다. 종이봉투에 한가득 빵을 사 들고 온 내게 남편은 웬 빵이냐고 물었다. 눈물 젖은 빵이라고 말하려다가 그만두었다. 그게 무슨 빵인지도 모르고 맛있게 먹는 남편을 보는데 이상하게 미움이 녹았다. 빵으로 달랠 수 있는 마음이 있다는 게 다행스럽기도 하고.

물론 빵만으로는 채워지지 않는 마음도 있다. 시는 그런 마음들을 고요히 들여다볼 수 있게 해준다. 좋은 게 좋은 거야, 단순하게 생각해, 그런 말들에 쉽게 지배당하는 세상에서 그렇게 단순하게 문제

112

를 뭉뚱그리지 마, 대충은 없어, 정말 그게 네가 원하는 삶이야? 긴 창을 들고 파수꾼처럼 나를 바라본다. 나는 그런 시의 눈을 피할 수 없다. 어디에 숨든 시는 나를 찾아낼 것만 같다. 아니, 사실은 시가 나를 잃어버리는 순간이 올까 봐 두렵다. 시에 대한 이 오묘하고도 간곡한 마음을 어떻게 설명해야 할까. 이런 마음을 사람들에게 조리 있게 전달하는 일엔 왜 번번이 실패하는 걸까.

〈콘탁트호프〉의 한 장면이 떠오른다. 수많은 남성들이 한 여성을 둘러싸고 있는 장면. 처음에는 따스하게 그녀를 도닥이고 쓰다듬던 손길들이 삽시간에 무차별적인 만짐이자 폭력으로 변해갈 때. 이 작품의 전체적인 맥락과 상관없이 내겐 그 장면이 유독 공포스럽게 다가왔다. 이것을 비단 여성에게 가해지는 폭력으로만 한정해서 이해하고 싶지는 않다. 그 손들은 단순한 손이 아니며, 인간의 영혼을 할퀴는 서늘한 말, 맹목적인 호기심, 사실은 너를 이해할 수 없으며 이해하고 싶지도 않다는 무심한 시선일 것이기 때문이다. 그렇게 하루하루 켜켜이 쌓인 피로감이 극에 달할 때 그 모든 것으로부터 도망쳐 혼자가 되고 싶다. 어느 누구에게도 방해받지 않고 오롯이 나와 내가 단둘이 마주 앉을 수 있도록.

그런 나에게 시는 혼자의 자리를 내어준다. 혼자 있어도 혼자 있고 싶어 하는 나에게 시는, 너는 이곳으로 도망쳐온 것이 아니라 꺼

져가는 불씨를 되살리기 위해 찾아온 것이라고 말한다. 그 타오름의
다른 이름이 사랑이라는 것을 가르쳐준다.

말이 되지 못한 고통은 춤이 된다

집에 있으면 이따금 소방차 지나는 소리가 들린다. 집 가까운 곳에 소방서가 있는데 집 앞 대로변이 출동 시 반드시 지나쳐야 하는 구간인 모양이다. 이 집에 이사하고 나서야 하루에도 수차례 소방차가 출동한다는 사실을 알았다. 진짜 불이 난 것일 수도, 오작동된 화재경보기 때문일 수도 있지만 신속함이 생명인 소방차는 언제나 제 소임을 다하느라 바쁘다. 이사 온 지 얼마 안 되었을 땐 소방차 소리가 들릴 때마다 깜짝깜짝 놀라 창밖을 내다보곤 했는데 이젠 그러려니 한다. 관성이라는 게 이토록 무섭다. 불의 위력을 잊고 산 지 오래되었다.

그래서 찾아온 것일까. 강원 지역에 무시무시한 화마가 지나갔다는 소식이다. 식목일을 하루 앞두고 전해진 소식이라 더욱 애석하다. 텔레비전에서 반복 재생되는 장면들, 거대한 불길과 검게 그을린

산, 이재민들의 망연한 얼굴을 보고 있으려니 머리가 멍해진다. 모든 것이 비현실적으로 느껴진다. 우리 삶의 기반이 그토록 허약하다는 것을 믿고 싶지 않은 것 같기도 하다. 시작은 작은 불씨 하나였다는 말이 그 어떤 이유보다 슬프게 들린다.

사실은 씨앗이었을, 작고 미약한 것들. 그리고 그것을 부풀리는 바람의 존재. 그것은 요즘 내 문학의 주요 관심사이기도 했다. 〈불씨〉에서는 작은 돌멩이 하나를 부수려다가 집 전체를 부숴버리는 사람들의 이야기를 그렸고, 〈전망〉이라는 시에서는 인간의 마음속에 자리한 작은 씨앗이 어떻게 괴물로 변해가는지를 보여주고자 했다. 인간은 결코 바람의 방향을 바꿀 수 없다. 우리를 압사시킬 것 같은 고통들은 대개의 경우 무력감을 동반하고 찾아온다. 물 혹은 불의 쓰나미가 휩쓸고 간 자리를 바라보는 인간이 무엇을 할 수 있겠는가. 일부가 망가진 게 아니라 전부 망가졌다면, 아예 사라져 아무것도 남은 게 없다면 이제 그들은 어디로 돌아가야 할까. 그 사람들의 집은 어디에 있나.

"남은 것이 하나도 없어요. 남은 것이 하나도 없어요." 화면 속 이재민은 빠른 속도로 같은 말을 두 번 반복했다. 그리고 잠깐의 침묵 끝에 아주 천천히 "집에… 가고 싶어요…"라고 말했다. 그 말이 오랫동안 머릿속을 맴돌았다. 울고 싶은데 울음이 나오지 않아서, 불이 집과 마을만 태운 게 아니라 그의 마음까지 태워버려서 그런 메마른 얼굴을 하고 있었을 것이다. 만지면 그대로 바스러질 것처럼.

시는 고통을 어느 정도 통과한 뒤에야 쓰일 수 있는 것이라는 생각을 했다. 화면 속 이재민에게 종이와 펜을 건네고 지금 당신이 느끼는 고통을 기록해보라고 하는 것은 문자 그대로 폭력이다. 시 역시 고통을 다루는 장르이지만 언어로 쓰이는 고통은 한번 걸러진 고통이고 그러므로 유순한 고통이다. 말이 되지 못하는 고통을 지나와야 말로 할 수 있는 고통이 된다. 고통을 달래고 잠재우기 위해 우리에겐 얼마나 많은 낮과 밤이, 계절이 필요할 것인가. 시의 일이 그토록 요원하다.

하지만 춤은 그보다 앞서 필요한 것이다. 도저히 말을 할 수 없는 그런 상황에 처할 때 춤이 필요하다던 피나의 말을 이제야 이해할 수 있을 것 같다. 봉준호 감독의 영화 〈마더Mother, 2009〉의 마지막 장면이 떠오른다. 영화는 아들의 죄를 덮기 위해 살인까지 저지른 엄마가 넋이 나간 채 추는 춤을 왜 그토록 오래 보여줘야 했을까. 배우 김혜자의 텅 빈 눈동자와 신들린 듯한 흐느적거림을 가만히 보고 있노라면 인간에게는 언어 이전에 춤이 있고, 춤 이전에 고통이 있음을 알게 된다.

고통의 자리에 얼마든 다른 것을 놓을 수 있을 것이다. 말이 되지 못하는 슬픔은 춤이 된다. 말이 되지 못하는 기억은 춤이 된다. 말이 되지 못하는 사랑은 춤이 된다. "집에… 가고 싶어요…." 화면 속 이재민의 갈라진 목소리와 공허한 눈빛이 내게 춤으로 보인 건 우연이 아니다.

시차와 낙차

올 들어 기차 탈 일이 많아졌다. 일에도 때가 있는 것이라 생각하며 바빠 지내고는 있지만 이상하게 기차를 타는 날이면 유독 몸이 더 피곤하게 느껴진다. 단순히 먼 거리를 오가기 때문일까. 좁고 답답한 실내에 갇혀 있다는 느낌 때문일까. 안 그래도 궁금하던 차에 평소 잦은 출장을 다니는 지인으로부터 재밌는 이야기를 듣게 되었다. 기차의 속력이 인간의 신체에 미치는 영향이 있지 않겠냐는 것이다. 인간의 육체는 중력을 벗어날 수 없는데 기차는 빠른 속도로 앞으로 나아가려고 하니까 그 방향의 어긋남이 몸의 피로감으로 전이될 수밖에 없지 않겠냐는 것. 과학적으로 납득이 가능한 이야기인지는 모르겠으나 어쩐지 곱씹게 되는 말이었다.

궁금한 마음에 인터넷 검색창에 '기차의 속도가 인간의 몸에 끼치는 영향'이라고 입력을 해보았다. 원하던 정보 대신 '커피가 몸에 끼치는 영향' '욕이 우리 몸에 끼치는 영향' '미세먼지가 인체에 끼치는 영향' 같은 질문들이 끝도 없이 이어진다. 그중에는 '빠른 속도를 추구하는 현대인들의 삶이 우리 생활에 끼친 영향'을 묻는 질문도 있었다. 질문부터 비문이라며 빨간 펜을 들고 싶어지는 건 직업병일 테다(현대인들과 우리를 어떻게 구분한다는 것이지? 그렇다면 우리는 현대인이 아니라 누구인가? 삶과 생활은 어떻게 분리될 수 있는가? 현대인이 빠른 속도를 추구하는 것인가, 빠른 속도를 추구할 수밖에 없는 환경에 내던져진 존재가 현대인인가…? 이러다간 끝이 없을 것 같다). 가만 보니 밑에 달린 답변이 더 재밌다. '환경을 탓하기보단 건강관리에 힘을 써야 한다'는 것이다. 동문서답 같지만 틀린 말이라곤 할 수 없으니까.

　어쨌든 '속도'라는 키워드는 여러모로 문제적인 것 같다. 자연스레 몸과 마음의 시차에 대해서도 생각을 해보게 된다. 마음은 여기 조금 더 머물고 싶은데 몸은 빨리 앞으로 나아가야 하는 상황이 온다면, 그런 날들이 차곡차곡 쌓여간다면, 몸과 마음의 거리는 자연히 벌어질 테고 그에 따른 시차도 자연히 발생될 수밖에 없다. 그런 현기증들. 매일의 낙차들. 어쩌면 기차를 타서 피로했던 이유는 몸은 어떻게든 건너왔으나 마음은 아직 출발 지점에 머물러 있기 때문이 아닐까. 마음이 몸을 놓치는 속도가 버거워서 그 여파가 육체의 피로로 드러난 것은 아니었을까. 역시 시인의 논리에는 오류가 많다. 물론

시인의 논리는 과학자의 논리와는 다르고 달라야 하며 그 오류 자체
가 곧 인간이기도 하므로 완전히 무의미하진 않겠지만 말이다.

　　피나의 작품에서도 그런 시차와 낙차를 읽는다. 피나의 작품에
서 '기억'은 '사랑'이나 '욕망' '두려움'만큼이나 중요한 테마였다. 피나
는 어떤 마음으로 '기억'을 소환해왔을까. 인간은 망각의 동물이며
시간의 부침을 견디며 살아남을 수 있는 기억은 얼마 없다. 제아무
리 정교한 재현에 힘쓰더라도 현재로 소환된 기억은 이미 변질되거
나 변형된 것일 테다. 그러고 보면 기억은 시차와 불가분의 관계에 놓
여 있고 사실상 시차 그 자체이기도 하다. 피나 역시도 그 점을 골똘
히 궁리했던 것 같다. 하지만 기억의 손실을 부정적으로만 이해한 것
같지는 않다. 그 불가피함과 불확실함을 인간의 조건으로 받아들이
며 질문을 통해 유머러스하게 건너가고자 했던 것 같다. 피나의 드라
마투르그로 일했던 작가 라이문트 호게에 따르면 피나는 〈반도네온
Bandoneon〉을 연습하는 과정에서 무용수들에게 어린 시절의 기억에
대한 질문을 던졌다고 한다. 어린 시절에는 간직하고 있었으나 지금
은 없다고 생각되는 것이 무엇인지에 대해. 만약 우리가 잃어버린 것
이 있다면, 그에 좌절하고 무력해하기보다는 '잃어버린 낙원'의 '가능
성'을 회복하는 일에 힘써보자고.[10]

　　영화 〈피나〉에서도 두 가지 버전의 〈콘탁트호프〉가 상연된다. 같

은 작품을 다른 연령대의 무용수들이 공연하고 그것을 마치 하나의 〈콘탁트호프〉처럼 교차편집해둔 것이다. 영화의 크레디트를 보니 중학생with teenagers over 14과 노년층with ladies and gentlemen over 65으로 구성된 두 팀이 각각 공연을 했다고 나와 있다. 동일한 무용수들이 시간차를 두고 작업한 것이 아니었음에도 워낙 편집이 정교해서인지 '아, 이 젊은이가 나이 들면 이런 모습일까' 싶은 생각이 들었다. 시간이 흘러도 여전히 같은 장소에서 같은 옷을 입고 같은 동작을 반복하는 것이 삶이라는 암시로 읽히기도 했다.

그러나 그 여전함과 똑같음이 굴레나 운명이라는 말처럼 답답하게만 느껴지지는 않았다. 시차와 낙차라는 단어를 다시 이해하게 만들었다. 시차가 발생하려면 필연적으로 시간의 흐름이 요청된다. 감정의 낙차를 파악하는 데 있어서도 슬픔의 고저高低는 필연적이다. 그러니까 기억의 손실과 회복은 과일이 썩는 일처럼 자연스러운 일 아닐까. 삶이 죽음으로 죽음이 다시 삶으로 되돌려지는 일처럼.

낙원을 잃어버렸기 때문에 우리는 낙원으로 갈 수 있다. 몸은 여기에 두고 얼마든 마음으로 가는 것이다. 몸과 마음의 시차가 필요한 이유다. 더 자주 기차를 타야 하는 이유다.

여섯 번째 편지

당신은 그냥 피나 바우쉬예요

피나, 완연한 봄날입니다. 날이 좋아서인지 곳곳에서 시 낭독회가 열리는 듯해요. 시를 읽기 좋은 계절이 따로 있는 것은 아니지만 봄날의 낭독회는 제게도 무척 기다려지는 시간이에요. 겨우내 무채색으로 변한 마음을 알록달록 물들이기 좋은 시간이니까요. 제겐 시를 읽는 사람들을 덮어놓고 좋아하는 몹쓸 편견이 있지만 실제로 낭독회에 오시는 분들은 하나같이 아름다운 분들이시거든요. 스스로를 이해해보려고 애쓰는 사람들. 간절함만이 여는 문이 있다는 것을 아는 사람들. 그런 분들은 제게 왈칵왈칵 번져 무늬가 되어요. 서로가 서로에게 무늬가 되어주는 일만큼 아름다운 일은 없잖아요.

최근에 참여한 낭독회는 80~90년대 여성시를 다시 읽는 시간이었는데요. 지금이 2019년도이니까 30~40년 정도의 시차가 있는 시들을 현재로 소환한 거였죠. 시간이 흐른 만큼 낡게 느껴지면 어쩌나 내심 걱정을 했는데 아니요, 여전히 좋은 것은 좋고 슬픈 것은 슬프더군요. 오래되었다고 해서 그 빛이 바래거나 사라져버리는 게 아니라는 걸 직접 확인하니까 마음이 좋아졌어요. 제가 좀 늦된 사람이거든요. 이제야 마음이 간신히 몸을 따라잡았구나 싶은 생각도 들고.

그러면서도 한편으론, '남성시'를 읽는 행사는 따로 열리지 않는데 왜 '여성시'를 읽는 행사는 열려야 했나 그런 본질적인 부분을 생각해보게 되더군요. 최근 들어 눈에 띄게 여성주의 관련 책들이 쏟아져 나오고, 여성이라는 키워드를 앞세운 각종 행사가 많이 열리는 것도 사실이니까요. 새로운 젠더 감수성의 확장과 그에 따른 사회 분위기가 반영된 결과이기도 하겠죠. 저로서는 반가운 일이에요. 여성이라는 이유만으로 억압당하고 차별받아왔던 이들에게 더 많은 발언의 기회가 주어지길 바라는 마음이고요. 지금도 너무 늦었다는 생각이 들지만 한 걸음씩 나아가야겠죠. 누군가 "여성이 혹은 여성으로서 시를 쓴다는 것은 무엇입니까?" 같은 질문을 해올 때마다 도대체 그걸 왜 묻는 거냐고 대꾸하고 싶을 때가 많았어요. '여성으로서'라는 전제가 왜 붙어야 하는지에 대해. 저는 여성이어서 시를 쓰는 것이 아니라 그냥 시를 쓰는 것인데 말이에요.

자연스레 당신이 떠오르더군요. 당신도 태생적인 페미니스트가 아니냐는 이야기를 자주 들었던 것으로 알고 있습니다. 기존의 여성 무용수들과는 전혀 다른 행보를 보이는 당신의 작품에 페미

니즘이라는 프레임이 자주 씌워지곤 했었죠. 물론 당신의 작품에서 남성에 의해 여성에게 가해지는 폭력의 장면들이 심심찮게 발견되는 것은 사실입니다. '왜 무용을 하는가'라는 질문에 '군인이 되기 싫어서'라고 답하는 〈카네이션Nelken〉의 한 장면도 여러 차례 회자되고요.[11] '군인'으로 상징되는 폭력에 대한 거부에 저 역시도 동의합니다. 모든 종류의 차별과 억압, 축출과 배제, 권위와 편견에 대해서도 반대하는 마음을 가지고 있습니다. 이 모든 것들이 궁극적으로는 '인간들이 함께 살아갈 수 있는 가능성'을 향해야 한다고도 생각합니다. 그래야 당신이 이야기한 '여성의 해방이 아니라 인간의 해방'[12]에까지 다다를 수 있겠지요. 물론 여성 앞에 황급히 인간을 놓음으로써 이제 겨우 얻기 시작한 여성들의 발언 기회가 묻히지 않도록 잘 살펴야 하는 건 자명한 이야기이겠고요.

영화 〈피나〉를 보고난 뒤 다이어리 맨 앞장에 적어두었던 구절이 있습니다. 한 무용수의 입을 빌려 당신은 이렇게 이야기합니다. "나는 젊고, 내 귀는 약속을 듣습니다. 내 마음은 힘이며, 내 눈은 꿈을 봅니다. 내 생각은 높고, 내 몸은 강합니다." 저는 이 문장들을 읽을 때마다 용기를 얻습니다. 저 말들이 저를 높이 들어 올려주는 것 같아서 마음이 따뜻해져요. 자신의 가능성을 실현하려는, 그래서 도전을 멈추지 않는 모든 여성들에게 부적이 되어주리라 믿어요.

오늘은 당신에게 이렇게 화답하고 싶습니다. "당신은 그냥 피나 바우쉬예요. 여성 무용수가 아니라 피나 바우쉬. 누구의 엄마도 아내도 아닌 피나 바우쉬. '춤, 춤이 아니면 우리는 길을 잃는다 Dance, dance, otherwise we are lost'라고 말했던 사람, 피나 바우쉬."

128

갈망의 이미지

    시를 쓰는 일은 가장 적확한 단어를 찾아가는 여정과도 같다. 이를테면 내 안에 자리한 어떤 바람을 전할 때 사전을 뒤적여가며 그 마음을 표현할 단어를 찾는다. 열망, 갈망, 갈구, 동경, 소원, 소망, 희원 등등. 같은 것 같아도 실은 다 다른 단어들이 제각기 다른 빛으로 반짝이며 선택을 기다린다. 새 이름을 쓰고 싶을 땐 새 도감을, 식물 이름을 쓰고 싶을 땐 식물도감을 뒤적이는 일도 일상이 되었다. 어감과 형태, 특성 하나하나를 세심하게 살피며 꼭 그것이어야 하는 이유를 찾는 것이다. 그래서 늘 어렵다. 보이지 않는 것을 보이는 것으로 만들기 위해 매번 지는 싸움을 하는 기분이다. 오죽하면 롤랑바르트도 사랑에 대해 쓰려는 것은 언어의 '진창'과 대결하는 것과 같다고 말했겠는가.

    사전에 있는 단어만으로 충분히 표현되지 않으면 새로운 단어를 만들어내기도 한다. 한 사람의 시인에게는 저마다 유일무이한 사전이 한 권씩 주어지는 셈이다. 그곳에 어떤 단어들을 수집하며 살아갈 것인가. 그 단어의 뜻을 어떻게 정의 내릴 것인가. 나는 그것이 내 삶을 이끌어가는 지표가 되어주리라 믿는다. 먼 훗날 사전을 펼쳐보면 내가 누구이며 무엇을 중요하게 여기며 살아왔는지 어렴풋하게나마 알 수 있지 않을까. 그리고 오늘 나는 그곳에 '갈망'이라는 단어를 새로이 적는다.

갈망. 渴望. desire.

요즈음 나는 '갈망'이라는 두 글자에 사로잡혀 있다. 왜냐고 물어 와도 논리적으로 설명할 재간은 없다. 소원이나 소망보다는 좀 더 무거워 보이고, 갈구보다는 좀 더 소극적이며, 열망보다는 좀 더 메마른 느낌이 들기 때문이다. 물론 이러한 설명은 턱없이 부족할 것이다. 하지만 이성의 논리가 아닌 감정의 논리에 의해 언어를 선택하고 배치할 수 있다는 점은 내가 시를 좋아하는 이유 중 하나다. 물론 개인 상징으로 가득한 난해한 독백이나 감정 과잉으로 흐를 위험은 늘 경계해야겠지만 기본적으로 시는 이해의 영역을 쉽게 벗어날 때가 많다. 설명하지 않아도 되는 것, 이유를 알 수 없는데 좋은 것, 슬프면서도 아름다운 것. 꼭 시가 아니더라도 누구에게나 삶에서 그런 무언가가 하나쯤은 있어야 한다는 생각이다. 아득한 것, 영원히 유예되는 것, 해결되지 않아도 괜찮은 것. 아이러니하게 들리겠지만 그것들은 우리의 삶을 견인해가는 비밀이 될 수 있다.

피나의 작품이 유독 좋을 때도 그런 비밀스러운 기운이 작품을 휘감을 때다. 메시지가 선명한 작품보다는 무엇을 말하려는지 확실치 않아도 정서적 감응이 크게 일어나는 장면이 내게는 훨씬 좋게 다가온다. 대체 왜 이 장면이 여기 끼어들었지, 저 사람은 왜 저기서 저러고 있을까 되묻게 되는 장면들. 불가해한 아름다움으로 가득한 장면들. 대체로 피나의 작품은 점층적인 이야기 구조를 갖고 있지 않으며 이미지가 강조되는 것이 특징이다. 그것은 시의 방식이기도 하다. 독자들은 묻는다. 이 시는 어떻게 쓰게 되셨나요? 이 문장과 이 문장 사이에 어떤 연관성이 있나요? 나는 내가 쓴 시들을 논리적으로 설명하기 어렵다. 그저 어느 날 문득 '갈망'이라는 단어가 내게 왔다고, 그 단어가 나를 사로잡아서 나도 모르게 어떤 문장들을 적게 되었다고 더듬거리며 말할 뿐이다.

영화 〈피나〉의 후반부에도 그런 이미지들이 가득하다. 삭막한 공간에 갇혀 있는 그들은 제각기 어떤 '상황'에 처해 있는데, 그들에게는 "왜?"라는 질문을 건네는 것 자체가 무용해 보인다. 그들 자신도 영영 알 수 없을 것이기 때문이다.

몸에 줄이 묶인 여인은 계속해서 앞으로 달려 나가려 하지만 거꾸로 감기는 테이프처럼 번번이 되돌려진다. 묶여 있기 때문이다.

나무를 업고 걸어가는 여인도 있다. 그가 왜 그토록 육중한 묘목을 등에 업고 가야 하는지는 모른다. 업고 있기 때문이다.

계속해서 앞으로 나아가려는 여인의 뒤에서 삽으로 흙을 퍼서 뿌리는 여인도 있다. 파묻으려는 쪽도 파묻히는 쪽도 쉽지는 않을 것이다. 왜 이런 장면이 느닷없이 우리 앞에 도착했는지는 알 수 없다. 가고 있기 때문이다.

이유를 알 수 없는 채로 계속되는 것. 질문이 이유로, 끝이 시작으로 환원되는 일.

나는 이 모든 것을 '갈망의 이미지'라 부르고 싶다. '갈망'이라는 말 속에는 맹목적인 몰두가 있다. 어디서부터 시작되었는지 어디로 흘러가는지는 알 수 없다. 그저 가고 있기에 가야만 하는 사람들이 매일의 거울 속에는 있다. 손을 내밀면, 동시에 손을 내민다. 안녕이라고 말하면, 안녕이라고 답한다. 갈망이 무엇인지 몰라도 우리는 갈망과 함께 살아간다.

갈망

그것은 사람처럼 걷고 있었다

마음이 어두울 땐 환해지고
환할 땐 희미해졌다

당신은 오래 알던 친구 같군요
무심히 말을 걸어본 적 있지만
대답을 들어본 적은 없다
의자를 내어주어도 앉지 않는다

그것은 오인될 때가 많다
비가 오지 않을 때조차 비를 맞고 있다
독성이 있는 사과일 거라고
심장을 옭아매는 밧줄일지도 모른다고

그러나 그것은 다만 기다리고 있다
나무가 모여 숲을 이루는 풍경을 골똘히 바라볼 뿐이다

수많은 이유로 아침을 사랑하고
그보다 더 사소한 이유로 여름을 증오하는 것처럼

숲이 거기 있다는 이유로
숲을 불태우러 오는 사람들을 지켜보며
그것은 조용히 타오른다

까맣게 탄 몸으로 그것은 걷는다
빗방울의 언어가 얼룩으로만 쓰여지듯
흰 종이가 끝까지 흰 종이인 채로 남아있더라도
말해진 것이 있다고

발도 없이 문턱을 넘는다
귓바퀴에 고이는 이름이 된다
익숙한 침묵이 낯선 침묵이 되어 걸어 나오는 동안

흰가면올빼미와 검은가면올빼미 사이에서 마음은

어제는 날이 좋아서 십오 분이면 다다를 거리를 두 시간에 걸쳐 걸었다. 하늘도 올려다보고, 담장에 핀 꽃 사진도 찍고, 학교 운동장에서 공 차는 아이들을 하염없이 바라보다가 목이 마르다는 핑계로 커피도 한잔 마시고 나니 금세 두 시간이 지나 있었다. 중간에 길도 한 번 잃었다. 내가 지금 어디로 가고 있나 잠깐 아득했는데 지도를 꺼내 보지는 않았다. 인간에게 더 많은 '헤맬 자유'가 주어져야 한다고 말하면서도 정작 내 삶은 그렇지 못했구나 싶어서.

그런 마음으로 걷다 보니 만나지는 풍경이 있었다. 바닥에 눌어붙은 색색의 초, 이제 막 색칠을 끝낸 벤치의 '페인트 주의' 안내문('페인'이라는 말에 괜히 찔린 건 기분 탓이겠지), 바닥에 돗자리를 깔고 앉아 해바라기하는 어르신들("애기엄마! 떡 하나 먹고 가!"라는 말에 충격을 받긴 했지만). 버튼이 눌리면 말하고 먹고 걷고, 버튼이

껴지면 헤드뱅잉하며 졸고, 요즘 들어 내 자신이 방전 직전의 플라스틱 인형처럼 느껴질 때가 많았는데 그 잠깐의 시간만큼은 진짜 인간이 된 것 같았다. 충만하고 평화로웠다.

저녁엔 찬장에서 잘 쓰지 않던 접시를 꺼내려다가 고운 보자기에 싸인 유기수저 두 벌을 발견하기도 했다. 좋은 날 좋은 밥 먹으라면서 친구가 생일 선물로 준 것이었는데 너무 예뻐서 포장도 못 풀고 그대로 찬장에 넣어두었던 거였다. 너무 예쁜 것들은 늘 그런 식으로 감춰진다. 시간이 지나면 거기 있는 줄도 모르게 된다. 비단 물건의 일만은 아닐 것이다. 마음에 좀 더 성실한 사람이 되어야겠다는 다짐을 하게 되는 이유다.

그러니까 어제는 이 삭막한 도시, 이 버거운 자본주의가 요구하는 성실함 말고 내 마음에 성실한 사람으로 살아가라고 혼이 난 하루 같다. 기껏 신나게 잘 보내놓고는 혼이 났다는 표현을 쓰다니 의아하게 들릴 수도 있겠다. 하지만 세상에 이유 없는 마주침이라는 건 없다는 생각이다. 내가 하필 그 시간에 그곳에 도착했다면, 반드시 그래야만 했을 이유가 있을 것이다. 이별 전에는 이별에 다다르기 위한 숱한 이별이 있고 만남 전에는 만남에 다다르기 위한 숱한 만남이 있다고 믿는다. 모든 것은 이미 다가오고 있었거나 멀어지고 있었다는 뜻이다. 물론 인간이 그 막연한 차이들을 전부 감각하며 살 수

138

는 없다. 병아리 감별사처럼 예민한 손을 가진 사람이 몇이나 될까. 뒤늦게 깨닫고, 뒤늦게 후회하고, 뒤늦게 우는 것이 인간이다. 그것이 시차와 낙차의 존재 이유이기도 할 테고.

　도감圖鑑 애호가인 내 책장 한편에는 각종 도감들이 자리 잡고 있다. 요괴 도감, 빵 도감, 놀이 도감, 곤충 도감 등 도감계係에도 어마어마한 세계가 있다. 당연한 이야기지만 같은 도감이라 해도 사진이냐 일러스트냐에 따라 분위기가 다르고, 일러스트라고 해도 어떤 그림체인지에 따라 독자로서는 전혀 다른 체험을 하게 된다. 내가 애정하는 도감은 대다수가 일러스트 작업으로 이루어진 책이며 조금 미화되거나 현실과는 다소 다르더라도 일러스트레이터의 독창적인 시선이 투영된 책을 아낀다. 예술은 모방(미메시스)과 상상력의 결합이라는 익숙한 이야기를 반복하지 않아도, 세상을 바라보는 시선이 결여된 작품은 흥미롭게 다가오지 않는다. 피나가 가르쳐준 것은 제 자신을 표현하는 언어였다던 한 무용수의 말을 되새겨본다. 그것이 춤이든 시든 그림이든 결국은 '나를 표현하는 언어'를 찾기 위해 우리 모두가 이 지난한 시간을 견디고 있는 것이 아닐까.

　도감 이야기를 좀 더 해보자면, 최근 만난 가장 사랑스러운 책은 맷 슈얼의 《올빼미와 부엉이》[13]였다. 평소 올빼미나 부엉이를 너무 너무 좋아하는 내게 이 책은 눈이 뒤집힐 만큼 매혹적인 책이었다

(여행을 가서도 늘 올빼미나 부엉이 오브제를 사 모으곤 하는데, 그렇게 만난 아이들은 책장에서도 가장 귀한 자리에 '모셔져' 있다). 감격에 겨워 한 장 한 장 책장을 넘기던 중에, 유난히 마음이 쏟아지는 두 아이를 발견했다. '흰가면올빼미'와 '검은가면올빼미'가 그들이다. 흰가면올빼미는 보자마자 '으아, 너무 사랑스럽고 예쁘잖아!' 탄성을 내질렀는데, 설명을 보니 '파멸의 정령이자 저주받은 동물'로 여겨진다고 한다. 우는 소리가 소름 끼칠 만큼 오싹하기 때문이란다. 반면 검은가면올빼미는 흰가면올빼미와는 정반대라고 한다. 흰 반점이 수놓인 몸은 '마법사의 망토'를 걸친 것 같고, 언제나 유칼립투스 숲을 살며시 지나간단다. 색이 주는 고정관념도, '가면'이라는 단어의 상징성도 불꽃처럼 나의 상상을 자극하기 시작한다. 내 마음이 흰가면올빼미가 되는 순간과 검은가면올빼미가 되는 순간을 자연스레 떠올려 보기도 한다.

흰가면올빼미나 검은가면올빼미나 다 같은 올빼미 아니냐고 생각하는 순간 더 이상의 대화는 불가능해질 것이다. 십오 분이 두 시간이 되는 산책, 너무 예뻐 감춰두었던 것을 뒤늦게 발견하는 순간의 반짝임, 모든 일에는 분명히 이유가 있을 거라는 믿음. 이 모든 것이 뒤섞였을 때 아주 잠깐 나타났다 사라지는 내가 있다. 내가 찾는 나, 내가 되어가는 나, 하루에도 몇 번씩 흰가면올빼미와 검은가면올빼미 사이를 오가는, 모든 것이면서 아무것도 아닌 나….

성실하게 들여다봐야만 알 수 있다. 갈망하는 자에게만 보인다. 마음이 맑음이 되는 순간은.

나의 경험치가 시의 경험치라는 말

스물두세 살 무렵 처음으로 시를 썼다. 시를 쓰기 좋은 나이가 따로 있는 것은 아니지만 그땐 왜 그리 늦었다는 생각이 들고 불안했는지 모르겠다. 빨리 무언가가 되고 싶었고 시를 쓰는 삶이 특별한 거라는 착각에 빠져 있었다. 그땐 무서운 소리도 함부로 했다. "시만 쓸 수 있다면 생활은 망가져도 좋아. 불행해도 좋아. 시인은 원래 고독한 존재이니까." 누가 들어도 철없을 소리다. "희연아, 당분간 시 좀 그만 써라. 그러다 시 망가지겠다." 애정 어린 조언을 들어도 사랑의 방향은 단 하나, 직진뿐이라고 고집을 피웠다. 시와 삶은 같이 가는 거라는 말을 한 귀로 듣고 한 귀로 흘려가면서 말이다.

앎이 시를 망가뜨릴 수 있다는 것을 그땐 몰랐다. 사랑에는 여러 길이 있다는 것도 알지 못했다. 불안은 함께 살아가는 것이지 떨쳐내거나 없앨 수 있는 게 아니라는 사실도 자꾸 잊는다. 지금은 뭔가 아는 척 달라진 척 말하고 있지만 사실은 여전히 모른다. 앞으로도 모를 것이다. 지금 내가 유일하게 아는 것은 내가 아직 한참 멀었다는 것, 순진한 믿음이 가진 위험성을 겨우겨우 인지하게 되었다는 것 정도다. 이건 큰 변화일까? 섣불리 대답할 순 없지만 아무쪼록 삶의 디테일이 시의 디테일이 된다는 건 자명하다. 시는 단순히 흰 종이 위에 검은 글자를 적는 행위가 아니기 때문이다. 나의 경험치는 곧 시의 경험치가 되고 나의 상상력은 곧 시의 상상력의 범주가 된다. 좋은 시인이 되는 것과 좋은 인간이 되는 일이 다르지 않다는 뜻이다.

나는 그 단순한 어려움을 피나에게서도 배운다. 피나는 태어나 춤을 한 번도 춰본 적 없는 학생들과 〈콘탁트호프〉를 꾸렸다. 피나가 누구인지도 모르는 아이들이었다. 영화 〈댄싱 드림즈Dancing Dreams, 2009〉 얘기다. 태어나 춤을 한 번도 춰본 적 없다는 말은 오류일 것이다. 인간의 몸짓, 걸음걸이와 표정은 그 자체로 춤이기 때문이다. 그러나 춤 자체를 낯설어하는 학생들에게 〈콘탁트호프〉의 동작을 이해시키는 것은 조금 다른 문제였으리라 생각된다. 마음이 실리지 않는 문장이나 정신을 깨우지 못하는 문장은 그저 요원한 검은 글자일 뿐이듯이 〈콘탁트호프〉라는 작품을 처음 마주한 학생들에게 그 일련의 동작들은 요령부득의 난해한 외계어였을 수 있다. 그러나 학생들의 삶의 디테일이 동작 하나하나에 스미는 순간 마법 같은 일이 벌어진다. 사랑, 그리움, 죽음, 분노 등 학생들이 살면서 경험해온 다양

한 감정의 경험치가 동작의 구체성으로 변환되는 순간 어느 누구의 것도 아닌 그들만의 〈콘탁트호프〉가 이루어진다. 그것은 이미 완성되어 박제된 채 벽에 걸려 있는 예술작품이 아니다. 매 순간 새로이 체험되는 것이다. 부끄러움은 자신감으로 바뀌고 서툰 몸짓은 그 자체로 근사한 축제가 된다. 급기야 춤은 춤 바깥으로 밀려나고 춤을 추는 인간이 양각된 것처럼 선명하게 눈에 들어온다.

예술의 역할은 그런 것이어야 한다고 생각해왔다. 내가 썼어도 시는 내 손을 떠난 뒤엔 더 이상 내 것일 수 없다. 돌이켜보면 내게도 단순히 시를 '읽는' 것이 아니라 '만났던' 시간들이 있었다. 책을 읽고 아름다운 문장을 발견했을 때 밑줄을 긋거나 노트에 옮겨 적으면 내 삶이 아름다워지는 것 같은 착각이 들었다. 필요한 착각이었을 것이다. 나중에는 그것이 누구의 문장인지도 그리 중요하지 않았다. 그 문장을 만났던 순간의 내가, 그때의 내 삶이 내게는 훨씬 중요했으니까. 시인의 삶이 시의 구체성을 이루고, 시의 구체성이 다시 독자의 삶의 구체성으로 변환되는 일만큼 이상적인 교환이 있을까. 그것은 아름다운 맞물림이다. 우리들이 주고받은 것은 단순한 언어가 아니며 각자의 삶에서 길어 올린 진실한 경험일 것이기 때문이다.

그러니 쓰는 자로서 나는, 혼자 성급하게 앞서가려는 시의 목덜미를 낚아채 삶의 곁에 놓아둘 필요가 있다. 물 위에 둥둥 뜬 기름 같은 문장들을 걷어내고 삶의 갈때기를 통과한 진액 같은 시를 한 편 한 편 써내려갈 의무가 있다. 나의 시가 누군가의 '삶' 앞에 놓인다는 생각을 하면 어깨가 무거워지고 겁이 날 때가 많다. 고작 시일 뿐인데 이런 거창한 생각이라니 어리석은가. 부질없는가. 이 또한 단순한 믿음일 수 있으나 사랑에는 여러 길이 있는 것. 때로 한 줄의 문장은 한 사람의 시간을 지배하기도 한다. 누군가의 시간을 지배하는 문장이라니, 참으로 아름다운 구속이다.

나는 그런 문장을 꿈꾼다. 삶으로부터 와서 삶으로 되돌려지는 시를 꿈꾼다.

희디흰 안녕

　누군가 새해 소망을 물어올 때마다 '알록달록해지는 것'이라고 말했다. 무슨 그런 추상적인 소망이 다 있나 싶겠지만 적어도 내겐 계단 밟듯 하나하나 실천해나가야 하는 구체적인 소망이다. '로또 당첨'이나 '세계 일주'처럼 요원한 소망이 결코 아니라는 뜻이다. 매년 1월이면 누구에게나 새하얀 캔버스와 팔레트, 물감 세트가 주어진다고 생각한다. 그러나 그 물감을 아무 때나 아무렇게나 쓸 수는 없다. 하루의 끝에서 그날그날의 색을 가늠해보는 버릇이 생긴 건 그 때문이다. 오늘은 주황 같은 하루였어. 아침에는 분홍이었는데 저녁에는 노랗고 파랬지. 어떤 사람들 속의 나는 하얗고 어떤 사람들 속의 나는 검을까. 이렇게 뭐든 색에 비유하는 습관 말이다. 그런 하루가 모여 한 달이 되고 일 년이 되는 것이니까, 나의 일 년이 알록달록하다는 것은 그만큼 내가 삶에 충실했다는 증거가 아닐까. 전에 없던 색을 많이 만나고 싶다. 되도록 많은 색을 경험하며 살고 싶다. 너무 하얗거나 검기만 한 삶은 싫기 때문이다.

　그런 마음의 배면에는 무채색에 대한 공포가 자리해 있을 것이다. 평소 검은색보다는 흰색에 대한 공포가 더욱 큰 편인데, 쓰는 자에게 백지는 언제나 두려움의 대상이기 때문이다. 꼭 백지로 한정하지 않아도 내게 흰색은 '순백, 처음, 시작, 가능성'의 이미지라기보다는 '강박, 유령, 흔들림, 아득함, 금방이라도 무언가 튀어나올 듯한' 같은 표현들을 자동적으로 연상시킨다. 머릿속이 '새하얘진다'고 할 때의 그 식은땀 나는 흰 말이다. 시에도 종종 흰색이 등장한다. 첫 시집에서는 〈백색 공간〉 연작을 쓰기도 했는데 그때의 백색은 끝없이 펼쳐진 설원이거나, 기괴한 나무들이 환상처럼 출연하는 공간으로 묘사되곤 했다. 평소 갖고 있던 흰색에 대한 이미지가 그런 식으로 발현된 것일 테다.

　〈덧칠〉이라는 시를 쓸 때도 비슷한 마음이었다. 사랑하는 이를 잃어버린 사람의 마음을 오래도록 생각해보던 때였다. 그는 "가스 불을 켤 때마다 불에 탄 얼굴이 떠오르는" 것을 견디지 못해 "집안의 시계를 전부 치워버리고" "붓과 물감"을 사들인다. 그는 번번이 "손이 손 모르게 그려낸 얼굴을 마주하곤" 놀라지만 "흰 물감으로 또 한 번 얼굴을 뭉갤 것이다, 반드시 흰 물감이어야 하는 이유를, 스스로에게 수없이 설명하고 설명할 것이다." 왜 흰 물감이어야 하는지 그는 이미 알고 있다. 우리 역시 모르지 않는다. 덮고, 모른 척하고, 없던 일로 만들어야 간신히 견뎌지는 마음이 누구에게나 있기 때문이다. 내게 흰색은 그런 색이다. 수천 겹의 마음으로 뒤덮인 색. 수천 번의 덧칠에도 불구하고 여전히 희디흰 색.

새하얀 커튼이 바람에 흔들리는 장면을 볼 때에도 이상하게 눈물이 난다. 꼭 누군가 거기 있는 것 같다. 피나의 작품 〈스위트 맘보 Sweet Mambo〉의 무대도 그런 힘으로 뒤덮여 있었다. 천장에서 바닥까지 연결된 흰 장막들 사이에서 어느 순간 나타나기도, 휘감기기도 하는 무용수들. 이 작품이 피나가 세상을 떠나기 일 년 전쯤 초연된, 피나의 거의 마지막 작품이라는 것도 내게는 의미심장하게 다가온다. 흰 천이 넘실거리는 무대가 마치 피나가 세상과의 작별을 앞두고 흔드는 손 같아서다. 우연의 일치일지도 모르지만 모든 시간은 차곡차곡 다가오는 것이기도 하니까. 피나 역시 흰 천의 물성을 온몸으로 느꼈을 것이다. 새하얀 천의 몸짓과 인간의 몸짓을 모두 계산에 넣었을 것이다. 그것을 피나가 우리에게 전하는 희디흰 안녕이라고 이해해도 될까.

희디흰 안녕. 이렇게 써놓고 보니 흰색과 안녕은 참 잘 어울리는 조합 같다. 특히나 마지막 인사일 경우에는. 그다음으로 안녕과 잘 어울리는 색은 파랑 같다. 파랑은 내게 처연하지만 맑은 슬픔의 색이기 때문이다. 파랑, 파랑 발음하면 입속에서 바람개비가 돌아가는 것 같다. 나 자신이 '시간의 바람 속에서'✦ 멈출 줄 모르는 바람개비가 된 것 같다. 혹은 하늘을 나는 연이거나.

　그 연이 툭 끊기는 순간도 오겠지. 그때의 안녕을 새벽이라고 부를 수 있었으면 좋겠다. 이런 생각을 하는 오늘은 코발트블루에 가깝다. 알록달록해지려는 계획이 무사히 진행되고 있다.

✦　〈시간의 바람 속에서Im Wind der Zeit, 1968〉는 피나의 작품 제목이다. 〈내가 너를 죽여줄게Ich bring dich um die Ecke, 1974〉, 〈어둠 속의 두 개비 담배Two Cigarettes in the Dark, 1985〉처럼 제목으로만 접했을 뿐 실제로 보지 못한 작품들이 훨씬 많다. 하지만 직접 보지 못했기 때문에 더 많이 상상할 수 있다. 알아서 하는 사랑이 있고 몰라서 하는 사랑이 있다. 내겐 후자의 경우가 더욱 힘이 세다. 그 이유를 조목조목 설명할 수는 없지만 말이다.

파랑

〈호수, 마음의 푸른 멍〉이라는 그림을 봤어요
눈에서 떨어진 것이 파랗게 고여 있었어요
파랗구나, 참 파랗구나 골똘해지는데
지금껏 내가 파랑을 몰랐다는 생각이 들더라구요

그렇게 걷게 되는 날이 있어요
거리를 걷는데 마음을 걸어요
마음이 길이구나
마음이 놀이터고 전봇대고 표지판이구나
알게 되는 날이 있어요 가지 끝에 매달린 노란 종 같은

개나리 개나리
개나리는 어쩌다 개나리가 되었을까요
내 마음이 지옥인 것에 이유가 없듯
종이비행기의 추락과
깨진 유리창 사이에도 아무 연관은 없겠지만

나는 불투명하고
오늘 처음 파랑을 배워요
장작처럼 쌓여 있는 파랑

포도송이처럼 알알이 매달린 파랑
그런 건 진실이 아니라고 말해도 상관없어요
파랑은 그물 사이를 유유히 빠져나가는 물고기,
양동이를 뒤집어쓰고 부르는 노래

가만히 가만히
내가 나를 들으면 돼요
파랑은 총성이 울리고
출발선에 서 있는 일
흙먼지를 뒤집어쓴 채로 해는 지는데

나의 절망은 가볍고
슬픔은 뻣뻣해요
구겨볼까요 던져볼까요

서둘지 않아요 어차피 갈 곳도 없으니까

파랑이에요 트럭 아래 숨어 멍하니 이쪽을 보는
검은 개의 슬픈 눈
운동화 끈이 풀린 채 걸어가는
4월의 달빛에 대해서도

이제 나는 그것을 파랑이라고 부를 수 있어요
내가 나를 일으켜 걸어요 숨지 않아요

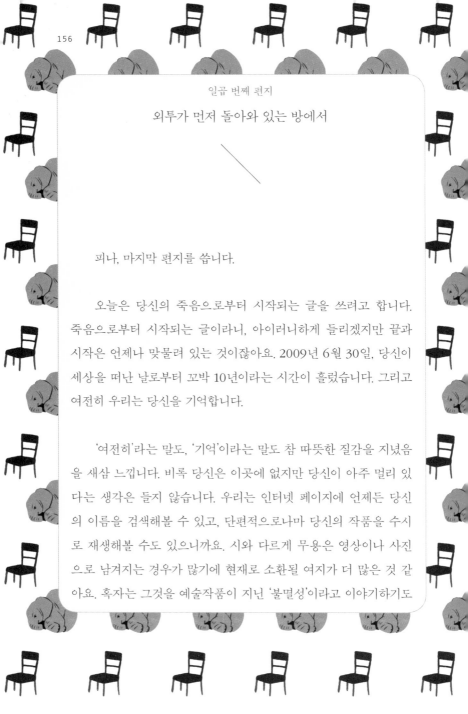

156

일곱 번째 편지

외투가 먼저 돌아와 있는 방에서

피나, 마지막 편지를 씁니다.

오늘은 당신의 죽음으로부터 시작되는 글을 쓰려고 합니다. 죽음으로부터 시작되는 글이라니, 아이러니하게 들리겠지만 끝과 시작은 언제나 맞물려 있는 것이잖아요. 2009년 6월 30일, 당신이 세상을 떠난 날로부터 꼬박 10년이라는 시간이 흘렀습니다. 그리고 여전히 우리는 당신을 기억합니다.

'여전히'라는 말도, '기억'이라는 말도 참 따뜻한 질감을 지녔음을 새삼 느낍니다. 비록 당신은 이곳에 없지만 당신이 아주 멀리 있다는 생각은 들지 않습니다. 우리는 인터넷 페이지에 언제든 당신의 이름을 검색해볼 수 있고, 단편적으로나마 당신의 작품을 수시로 재생해볼 수도 있으니까요. 시와 다르게 무용은 영상이나 사진으로 남겨지는 경우가 많기에 현재로 소환될 여지가 더 많은 것 같아요. 혹자는 그것을 예술작품이 지닌 '불멸성'이라고 이야기하기도 할 테지요.

　　예술가가 세상을 떠나도 작품은 세상에 그대로 남는다는 사실. 그것은 경이로운 일이기도 두려운 일이기도 합니다. 아마도 당신 역시 그러하지 않을까 생각합니다. 당신이 떠난 뒤 부퍼탈이 어떻게 관리되고 있을지 그립고 궁금한 마음이겠지요. 저 역시 아는 바가 거의 없지만, 더 이상 새로운 작품을 선보이는 것 같지는 않고 주로 당신의 추모 공연에만 집중해온 것 같더군요. 관객 입장에서는 조금 서운한 일이기도 합니다. 겨우 한 사람이 사라졌을 뿐인데 한 세계가 통째로 휘발된 것 같은 실감이 들 때가 있는데 부퍼탈의 경우가 꼭 그러했어요. '피나 바우쉬'라는 고유의 이름, 고유의 색채를 서서히 잃어가는 과정을 지켜보는 슬픔이 있었거든요. 하지만 그것을 꼭 부정적으로만 받아들일 필요는 없겠지요. 작품은 그것을 만든 사람의 것이기도 하지만 그것을 향유하는 사람의 것이기도 하니까요. 오독도, 사라짐도, 변주도, 새롭게 도약시키려는 시도도 모두 자연스러운 것일 테고요. 우리는 모두 시간을 이길 수 없는 존재들이니까요.

　　저 역시도 제가 없는 세상을 상상해보곤 합니다. 시간이 흐르면 자연스레 잊히다가 마침내 돌 속에 파묻힌 사람처럼 더는 아무도 기억 못하는 순간이 오겠죠. 죽음이란 뭘까, 죽음 이후에 우린 어디로 가서 무엇이 될까, 자연스레 그런 생각들을 하게 됩니다. 천국 혹은 지옥으로 가는 기차를 탈 수도 있고 윤회의 수레바퀴에 실려 또 다른 무엇으로 되돌아올 수도 있겠지만, 모르겠습니다. 모르겠어요. 죽음을 어떻게 이해해야 하는 걸까요.

그런 의문에 휩싸일 때마다 저는 자주 동화책을 봅니다. 특히 '죽음'이나 '상실'을 다루는 이야기들을 한참 동안 들여다봐요. 아이에게 죽음을 이해시키는 방식은 어른의 방식과는 확실히 다릅니다. 직관적이고 단순하게 상황을 보여줄 뿐 판단하거나 가르치려 들지 않아요. 설명하지 않고 상상하게끔 하는 거죠.

제가 아는 한 엄마는 아이에게 동화책을 끝까지 읽어주지 않아요. 언제나 마지막 페이지를 남겨두지요. 결말을 알려주면 이야기의 다음을 상상하지 못하니까. 우리에게 필요한 건 결론이 아니라 어떤 결론을 향해 갈 것인지에 대한 의지이고 상상력이니까. 그러면 아이는 놀랍게도 다음을 상상합니다. 코끼리가 죽었어? 마음의 집으로 갔나 봐. 마음의 집? 코끼리 호주머니 속에 있지. 호주머니를 뒤집으면 코끼리가 나올 거야. 코끼리는 숨바꼭질을 좋아해.

죽음은 강을 건너는 일일까요, 외투를 벗듯 몸을 벗고 한없이 가벼워지는 일일까요. 그도 아니라면 아이의 상상 속에서처럼 호주머니 속에 자리한 마음의 집으로 귀가하는 일일까요. 알 수 없어요. 알 수 없습니다. 하지만 적어도 아이에게 있어 죽음은 부재하는 것,

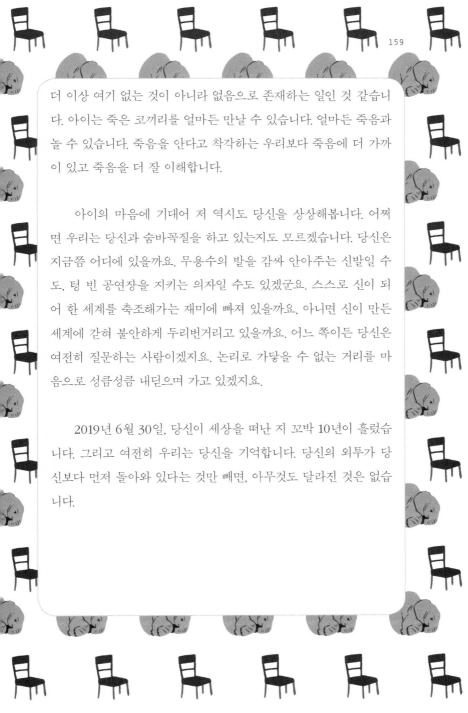

더 이상 여기 없는 것이 아니라 없음으로 존재하는 일인 것 같습니다. 아이는 죽은 코끼리를 얼마든 만날 수 있습니다. 얼마든 죽음과 놀 수 있습니다. 죽음을 안다고 착각하는 우리보다 죽음에 더 가까이 있고 죽음을 더 잘 이해합니다.

아이의 마음에 기대어 저 역시도 당신을 상상해봅니다. 어쩌면 우리는 당신과 숨바꼭질을 하고 있는지도 모르겠습니다. 당신은 지금쯤 어디에 있을까요. 무용수의 발을 감싸 안아주는 신발일 수도, 텅 빈 공연장을 지키는 의자일 수도 있겠군요. 스스로 신이 되어 한 세계를 축조해가는 재미에 빠져 있을까요, 아니면 신이 만든 세계에 갇혀 불안하게 두리번거리고 있을까요. 어느 쪽이든 당신은 여전히 질문하는 사람이겠지요. 논리로 가닿을 수 없는 거리를 마음으로 성큼성큼 내딛으며 가고 있겠지요.

2019년 6월 30일, 당신이 세상을 떠난 지 꼬박 10년이 흘렀습니다. 그리고 여전히 우리는 당신을 기억합니다. 당신의 외투가 당신보다 먼저 돌아와 있다는 것만 빼면, 아무것도 달라진 것은 없습니다.

참고한 책

1 Jochen Schmidt, 《Pina Bausch: "Tanzen gegen die Angst"》, Ullstein TB-Vlg, 2002

2 호르헤 루이스 보르헤스, 윌리스 반스톤, 《보르헤스의 말》, 서창렬 옮김, 마음산책, 2015

3 Jochen Schmidt, 《Pina Bausch: "Tanzen gegen die Angst"》, Ullstein TB-Vlg, 2002

4 안희연, 〈폐와〉 부분, 《너의 슬픔이 끼어들 때》, 창비, 2015

5 Jochen Schmidt, 《Pina Bausch: "Tanzen gegen die Angst"》, Ullstein TB-Vlg, 2002

6 Jochen Schmidt, 《Pina Bausch: "Tanzen gegen die Angst"》, Ullstein TB-Vlg, 2002

7 안희연, 〈측량〉 부분

8 Jochen Schmidt, 《Pina Bausch: "Tanzen gegen die Angst"》, Ullstein TB-Vlg, 2002

9 고티에 다비드, 마리 꼬드리, 《세상 끝에 있는 너에게》, 이경혜 옮김, 모래알, 2018

10 Jochen Schmidt, 《Pina Bausch: "Tanzen gegen die Angst"》, Ullstein TB-Vlg, 2002

11 Jochen Schmidt, 《Pina Bausch: "Tanzen gegen die Angst"》, Ullstein TB-Vlg, 2002

12 Jochen Schmidt, 《Pina Bausch: "Tanzen gegen die Angst"》, Ullstein TB-Vlg, 2002

13 맷 슈얼, 《올빼미와 부엉이》, 최은영 옮김, 클, 2019

안희연

2012년 창비신인시인상을 수상하며 ·작품활동을 시작했다. 시집《너의 슬픔이 끼어들 때》《밤이라고 부르는 것들 속에는》과 산문집《흩어지는 마음에게, 안녕》을 펴냈다. 장래희망은 알록달록해지는 것. 서둘지 않고, 숨지 않는 사람이 되기 위해 오늘도 마음을 일으켜 길을 나선다.

윤예지

기억할 수 있는 가장 어린 시절부터 그림을 그렸다. 세계를 상대로 여러 분야의 클라이언트들과 작업하며《땅콩나라 오이제국》《12Lands》《Is This MY Home?》등의 그림책을 만들었다. 흐르는 것들에 예민해서, 시시각각 변하는 사물과 감정의 움직임을 이미지로 기록해 잡아둔다.

당신은 나를 열어 바닥까지 휘젓고 - 피나, 당신의 카페 뮐러

1판 1쇄 찍음 2019년 6월 17일
1판 1쇄 펴냄 2019년 6월 30일

지은이 안희연
그린이 윤예지
펴낸이 안지미
편집 김진형 이윤주 박승기
디자인 안지미 이은주
제작처 공간

펴낸곳 (주)알마
출판등록 2006년 6월 22일 제2013-000266호
주소 03990 서울시 마포구 연남로 1길 8. 4~5층
전화 02.324.3800 판매 02.324.2844 편집
전송 02.324.1144

전자우편 alma@almabook.com
페이스북 /almabooks
트위터 @alma_books
인스타그램 @alma_books

ISBN 979-11-5992-261-9 04810
ISBN 979-11-5992-042-4 (세트)

이 도서의 국립중앙도서관 출판예정도서목록CIP은 서지정보유통지원시스템 홈페이지
http://seoji.nl.go.kr와 국가자료종합목록 구축시스템http://kolis-net.nl.go.kr에서
이용하실 수 있습니다. CIP제어번호 : CIP2019022462

알마는 아이쿱생협과 더불어 협동조합의 가치를 실천하는 출판사입니다.

종이 표지_매직콤마 300g/㎡ 본문_백상지 120g/㎡